독도 골든벨

초판 인쇄 2012년 10월 4일
초판1쇄 발행 2012년 10월 10일

편저자 고일영
펴낸이 진성옥, 오광수
펴낸곳 도서출판 꿈과희망
출판등록 제1-3077호

서울특별시 용산구 갈월동 101-49
고려에이트리움 713호
전화 (02) 2681 · 2832
팩스 (02) 943 · 0935
H. page www.dreamnhope.co.kr

ISBN 978-89-94648-31-6

독도 골든벨

고일영 외편저

꿈과 희망

• **기획 총괄**
 고일영(문화기획자 / 박물관 미술관 탐험가)

• **자문 및 자료 제공**
 남경식 (사학자 / 경기향토문화연구소 연구위원)
 이지산 (카페 '대한독도예비군사령부' 운영자 / 독도야 꿍트야 저자)

• **퍼즐 및 OX 퀴즈 출제**
 이선영 (닐스문화원 초등부 사회 교사)

• **삽화**
 태다운 (청강문화산업대학, 애니메이션과)

• **지도**
 독도박물관 제공

• **에디터**
 이원규 (시인 / 부천교육박물관 초대 학예연구실장)

※ 이 책의 본문 내용은 신문, 잡지, 교과서, 단행본은 물론
 독도와 관련된 On-line 자료를 두루 참조하였음을 밝힙니다.

호기심에서 시작하여
열정으로 발전하기를 …

요즘 일본은 아시아 평화를 깨며 주변국이 가지고 있는 귀중한 영토를 달라며 조르고 으름장 놓고 있습니다. 특히, 독도에 대한 일본의 억지 주장은 끝이 없습니다.

이러한 일본의 터무니없는 주장에 대해 주먹 불끈 쥐고 '우리 땅'임을 주장할 수 있는 실천적 행동이 필요한 시점입니다. 한편, 일본인은 물론 누구와 독도 문제를 놓고 이야기를 나누어도 논리적으로 잘 설득될 지식도 겸비해야 합니다.

하지만, 우리 초·중학생들이 독도를 더 알고 싶어도 마땅한 책이 적고, 설령 있다고 하여도 너무 지루하게 서술되어 있습니다. 이에 편저자는 고심 끝에 퀴즈 형식을 통해 흥미있게 접근할 수 있는 방법을 찾아냈습니다.

조상으로부터 물려받은 아름다운 우리 강산을 우리가 잘 보존하여 온전히 후손에게 물려줘야 합니다. 그러기 위해서 차분히 공부해야 합니다.

호기심에서 시작한 이 책을 읽은 동기가 우리 땅 독도에 대한 열정으로 발전하기를 기대합니다.

편저자 고일영

勅令第四十一號

第一條 鬱陵島를 鬱陵島로 改稱ㅎ고 島監을 郡守로 改正ㅎ난 事

鬱陵島를 鬱陵島로 改稱ㅎ야 江原道에 附屬ㅎ고 島監을 郡守로 改正ㅎ야 官制中에 編入ㅎ고 郡等은 五等으로 홀 事

第二條 郡廳位寊난 台霞洞으로 定ㅎ고 區域은 鬱陵全島와 竹島石島를 管轄홀 事

第三條 開國五百四年八月十六日 官報中官廳事項欄內鬱陵島以下十九字를 刪去ㅎ고 開國五百五年勅令第三十六號第五條 江原道二十六郡의 六字난 七字로 改ㅎ고 安峽郡下에 鬱陵郡三字를 添入홀 事

第四條 經費난 五等郡으로 磨鍊호되 現今間인즉 吏額이 未備ㅎ고 庶事草創ㅎ기로 該島收稅中으로 姑先磨鍊홀 事

第五條 未盡ㅎ 諸條난 本島開拓을 隨ㅎ야 次第磨鍊홀 事

附則

第六條 本令은 頒布日로부터 施行홀 事

光武四年 十月 二十五日 奉

〈조선국지리도〉 내 '팔도총도'

1592년 임진왜란 당시
도요토미의 명령으로 제작된 '조선국지리도 소재 팔도총도'
울릉도와 독도가 분명히 그려져 있다.
– 독도박물관 제공 –

시마네현 문서

1905년 독도가 무주지(주인 없음)임을 내세운 일본의 '시마네현 고시
제 40호' (실제 고시가 아니라 소수만이 둘러본 회람에 불과)
— 독도박물관 제공 —

〈신증동국여지승람〉 내 '팔도총도'

1530년 중종의 명으로 이행, 윤은보, 신공제 등이 펴낸
관찬지리지(국가에서 만든 지리지). 독도(우산도)가 울릉도 서쪽에 그려져 있다.
위치는 부정확하지만 우리나라의 영토가 어디까지인지를 분명히 보여주고 있다.

– 독도박물관 제공 –

이 책의 구성과 활용법

1. 기본 문제

   대한민국 사람이라면 누구나 꼭 알아야 할 상식입니다. 억지주장을 하는 일본 사람들과 독도 문제를 놓고 토론할 때 지식이 될 퀴즈 문제를 만들었습니다.

   아래에 있는 자세한 해설을 참고하면서 읽으면 더욱 좋습니다.

2. OX 문제

   기본 문제에서 정리된 사실들이 옳고 그른지 확인하는 단계입니다. 속도감을 느끼면서 퀴즈를 즐길 수 있습니다. 정답은 책 뒷부분에 별도로 실어 놓았지만, 기본 문제만 잘 읽었다면 그렇게 어렵지 않게 풀 수 있습니다.

3. 퍼즐(Puzzle) 문제

   초등 고학년과 중학교 책에 수록된 내용을 바탕으로, 우리 역사에 관한 재미있는 퍼즐을 만들었습니다. 2가지 형태의 퍼즐로 만들었습니다.

   저자가 책의 순서를 이렇게 정했지만 독자가 어느 부분부터 읽고 문제를 풀어도 괜찮습니다. 가장 재미있고 관심있는 부분부터 읽는 것이 이 책의 가장 효율적인 활용법입니다.

Contents

독도는 신생대 플라이오세 약 460~200만 년 전,
울릉도는 250만 년 전,
제주도는 120만 년 전 생성되었다.

2010년 1월 국토해양부 공식집계
섬 총수는 3,358개, 무인도서 2,876개(85.65%), 무인도 2,876개 중
전남 1,744개(60.64%) 경남 484개(16.83%), 충남 236개(8.21%) 순이다.

아름다운 우리땅

환경·문화

001 독도의 정확한

주소는
무엇입니까?

((♠)) 대한민국 경상북도 울릉군 울릉읍 독도리 1~96번지
(동도 이사부길, 서도 안용복길)

우리나라의 행정구역은 특별시 · 광역시 · 도 · 시 · 군 · 읍 · 면 · 동(리) 등을
말한다. 참고로 남한의 행정구역은 2012년 5월말 현재, 1개 특별시, 6개 광역
시, 8개 도, 1개의 제주특별자치도, 74개 시, 89개 군, 69개 구, 193개 읍, 1,234
개 면, 약 3만 4,840개 동(리)이다.

독도는 크게

몇 개의 섬으로

되어 있습니까?

((♨)) 2개 (동도와 서도)

동도와 서도라는 2개의 큰 섬과 주변 32개의 작은 섬과 58개의 암초로 이루어졌다. 동도를 암섬, 서도를 수섬이라 부른다.

003 독도에서
울릉도까지의 거리와
오키군도까지의 거리 중
어느 쪽이 더 가깝습니까?

((☎)) 독도에서 울릉도까지의 거리

울릉도에서 독도까지의 거리 : 87.4Km
오키군도에서 독도까지의 거리 : 157.5km
울릉도에서 경상북도 울진군까지의 거리 : 130.3km

독도는

대륙성 기후입니까?
아니면
해양성 기후입니까?

((♪)) 해양성 기후

독도와 울릉도는 해양성 기후다.
해양성 기후는 바다에 근접해 있어 시원한 여름과 포근한 겨울 날씨를 보인다.
한류와 난류가 만나는 곳에 위치하고 있어 비와 눈, 안개가 많으며 바람도 강한 편이다. 기온의 일교차와 연교차가 적다.
해양성 기후와 반대 특성을 나타내는 기후를 대륙성 기후라고 한다.

005 다음 섬들이
먼저 생겨난
순서대로
나열해 보세요.

(울릉도, 제주도, 독도)

((♠)) 독도 〉울릉도 〉제주도

독도는 신생대 플라이오세 약 460~200만 년, 울릉도는 250만 년 전, 제주도는
120만 년 전 생성되었다.
2010년 1월 국토해양부 공식집계 결과 섬 총수는 3,358개, 무인도서 2,876개
(85.65%), 무인도 2,876개 중 전남 1,744개(60.64%) 경남 484개(16.83%), 충
남 236개(8.21%) 순이다.

006 독도는 지질학상
화산 분출로 형성된 섬으로
전 세계에서 보기드문
특별한 점이 있습니다.
무엇입니까?

((🔊)) 바다 위로 바다산의 모습이 드러난 점

독도는 살아 있는 지질 박물관이다. 460~200만 년 전 세 차례 화산이 분출하여 만들어졌다. 따라서 독도는 바다산의 진화 과정을 한눈에 보여준다.

007 독도는
많은 관광객을 받을 수 없습니다.
그 원인은 무엇입니까?

((♠)) 독도는 화산재와 암편이 쌓여서 만들어진 화산섬이기
때문

독도는 신생대 플라이오세 때 용암분출 과정에서 생겨났다. 화산지대에서 볼
수 있는 단층구조와 주상절리*가 발달한 암석으로 되어 있다. 따라서 화산재
는 쉽게 부서지는 성질이 있다.

※ 주상절리 : 용암이 흐르다가 바다와 만나면서 굳을 때 육각기둥 모양으로
굳어져 생긴 지형.

008 문화재청은 독도를
천연기념물로 지정하였고,
그후
어떤 명칭으로
변경하였습니까?

((♪)) 천연보호구역

문화재청은 독도의 자연환경과 생태계를 보전하고자 문화재 보호법에 의하여
1982년 독도를 천연기념물로 지정·고시하였고, 1999년 〈천연보호구역〉으로
문화재 명칭을 변경(문화재청 고시 제1999-25호)하였다.
천연보호구역은 문화재보호법에 의해 천연기념물의 한 종류로 분류된다.

009 대한민국의
가장 동쪽 끝에 있는 영토*는
어디입니까?

((△)) 독도

극동 : 경북 울릉군 울릉읍 도동리 독도 동경 131분 52도
극서 : 평북 용천군 마안도 동경 124도 11분
극남 : 제주특별자치도 서귀포시 대정읍 마라도 북위 33도 06분
극북 : 함북 온성군 유원진 북위 43도 00분 39초

※ 영토 : 지구 상의 평면을 국제법상으로 분류하여 국가영역과 그 밖의 부분
으로 나누는데, 국토는 영토 · 영해 · 영공으로 구성된다.

010 독도는 바위섬이기에
'잡초성 식물 외에는 다른 식물이
거의 자라지 않는다' 란 말이
맞습니까?

((♠)) 아니다.

독도는 식물이 뿌리를 내려 살기에 좋은 자연환경은 아니지만, 조사된 식물은 60여 종 내외이다. 풀 종류는 민들레, 괭이밥, 섬장대, 강아지풀, 쑥 등이며, 나무로는 곰솔(=해송), 섬괴불나무, 사철나무, 향나무 등이 자라고 있다.

이 섬기린초는 일본에는 단 한 포기도 없고 우리 땅에만 사는 한국 고유식물이다. 독도에 피어 있는 존재만으로 독도가 우리 땅이라는 것을 증명하는 셈이다.

011 다음 중
독도 주변에서 볼 수 없는
어종은
무엇입니까?

(명태, 조기, 오징어, 도루묵)

((♪)) 조기

조기는 서해안에서 볼 수 있다. 독도 주위는 말 그대로 풍성한 황금어장이다.
독도 주변 바다는 한류와 난류가 교차하여 플랑크톤이 많이 번식하여 좋은 어
장이 형성되어 있다. 어종으로는 명태, 오징어, 꽁치, 방어, 임연수어, 도루묵,
만새기, 도다리, 소라, 홍합, 성게, 해삼 등이 많다.

012 독도 인근에 돔과 같은
다양한 아열대물고기들이
서식하는 이유는
무엇입니까?

((🔊)) 조경수역* 이 형성되었기 때문

(북한)한류와 (동한)난류, 즉 북쪽에서 내려온 차가운 바닷물과 남쪽에서 올라온 따뜻한 바닷물이 만나는 곳, 조경수역을 이루고 있는 온난한 해양성 기후이다.

※ 조경수역 : 난류와 한류가 만나는 곳이고 좋은 어장
  우리나라에는 동한 난류가 북한 한류와 만나는 곳.

013 독도 주변 바다 아래
많은 광물자원 중
대체연료로 사용할 수 있는
자원은 무엇입니까?

((△)) 하이드레이트(Hydrate)

'불타는 얼음'이라고도 불리는 천연 고체 가스로 미래에 석유를 대신해서 연료로 쓸 수 있다. 국내에서 30년간 사용할 수 있고 6억 톤(약 150억 원)이 묻혀 있는 것으로 알려져 있다.
하지만 아직 충분한 정밀 조사가 이뤄지지 않아 정확히 알 수 없다.

014 독도 주변 수심 200m 이하
깊은 바다 속에 있는
우리 몸에 유용한 물은
무엇 입니까?

((♠)) 해양심층수

독도 주변은 청정지역이라서 해양심층수의 생산이 가능하다. 인체에 필요한
미네랄*을 풍부하게 함유하고 있다. 또한 식품공업, 화장품 공업, 의료 분야,
수산양식 분야, 수경농업 분야에도 이용할 수 있다.

※ 미네랄 : 광물(鑛物), 자연산 무기물, 규칙적인 결정 구조와 명확한 화학 구
         성을 갖는 고체를 뜻하며, 암석을 구성하는 단위.

015 다음 중
독도의 옛 이름이 아닌 것은
어느 것입니까?

(우산도, 삼봉도, 가지도, 요도, 석도, 죽도)

((🔔)) 죽도

이 문제를 객관식으로 만들면 여러 가지 섬 이름이 들어가겠지만, 특히 죽도
(竹島, 다케시마)라고 답하면 절대 안 된다. 이는 일본이 만들어 부르는 이름
이다.

016 우산국 사람들은
자신이 살고 있는 울릉도를
어떤 이름으로
불렀습니까?

((♠)) 우산도

우산국 사람과 육지 사람은 울릉도를 서로 다르게 불렀는데, 우산국 사람은 우산도라 했으나, 육지에 사는 사람들은 무릉도, 우릉도라고 불렀기 때문에, 섬 사람과 육지 사람들 사이에는 명칭 때문에 혼란이 생기기도 했다.

017 독도란 이름으로
부르기 시작한 때는
언제부터 입니까?

((◎)) 대한제국 고종 때인 1906년 울릉군수 심흥택이 처음
사용하였다.

ℂ 돌섬, 독섬, 석도, 독도는 우리의 독도를 가리키는 말이다. 독도는 '외로운
섬', '홀로섬'이 아니라 '돌섬'이 '독섬'으로 발음되면서 독도로 표기되었다.

018 우산국을 이르는
순 우리말은
무엇입니까?

((♠)) 우르뫼

'우르뫼'의 '우르'는 '어르신', '왕', '임금'이라는 뜻이다. '뫼'는 '산' (山)
'능' (陵)을 뜻한다. '우르뫼' 나라의 뜻은 '임금산' 나라였음을 알 수 있다.
'우산' (于山), '우산' (芋山) 등은 '우르'의 '르'를 탈락시켜 '우'로 줄여서 한
자로 음역한 것이고, '뫼'를 '산' (山)으로 의역해 합성한 것이다.

019 # 19세기
서양인은 독도를
어떻게 불렀습니까?

((4)) 리앙쿠르암(Liancourt Rocks)

1849년 프랑스의 포경선 리앙쿠르호는 독도를 발견하고 '리앙쿠르암'이라 불렀으며, 1885년 영국 함선 호네트호는 '호네트암(Hornet Rocks)'으로 이름을 지었다.

020 서양에서
독도를 '리앙쿠르암'이라고 부른
이유는 무엇입니까?

((A)) 일본이 의도적으로 바위로 표기하여 한국의 독도 영유
권을 약화시키려는 속셈이다.

일본이 국제사회에 퍼뜨린 용어다. 이는 프랑스 포경선이 독도를 발견할 당시
섬(Island)이 아닌 바윗덩어리(Rocks)였다고 주장함으로써 한국의 독도 영유
권 주장을 약화시키려는 의도가 있다.

021 19세기 말 서양에서
독도를 리앙쿠르암^{Rocks}으로
부르기도 했으나, 암초가 아니고
무엇이라 보는 것이 맞습니까?

((♧)) 소도(작은 섬, islets)

독도는 동도와 서도 주위의 89개의 암초를 포함하는 1개의 소열도(小列島)로
봐야 한다.

022 다음 중 독도에 있는 바위가
아닌 것은 무엇입니까?

(가제바위, 삼형제바위, 얼굴바위, 독립문바위,
촛대바위, 얼굴바위, 미역바위, 코끼리바위)

((♨)) 코끼리바위

코끼리바위는 울릉도에 있다.
강치가 자주 나타나서 '가제바위'
모양이 비슷한 세 개의 굴이 있는 '삼형제바위'
사람의 얼굴을 닮은 '얼굴바위'
독립문처럼 생긴 '독립문바위'
동도와 서도 사이 촛대 같은 '촛대바위'
독도수비대원들이 미역을 따던 '미역바위'

023 독도에 서식※했던
하얀 털을 지닌 물개의 이름은
무엇입니까?

((◁)) 강치 = 가지어

조선 고종 때 감찰사 이규원이 쓴 『울릉도 검찰일기』에 '이날 둘러본 각 포구의 해안에는 아홉 굴이 있었는데, 물개(해구)와 물소(수우)가 자라는 곳'이라고 나와 있다. 이들은 오징어나 문어, 물고기 등을 잡아먹었다고 생각된다.

※ 서식: 동물이 어떤 일정한 환경에 잘 적응하여 살아감

024 독도 주변에 서식하던 강치가
사라진 이유는
무엇입니까?

((♫)) 일본인의 남획*으로 자취를 감추게 된다.

19세기 초반 4만~5만 마리에 이르던 독도 인근 가지어(강치)는 1905년부터
일본이 16,614 마리를 남획하여 결국 완전 멸종되었다.
일본 시마네현 박물관에 박제가 있고, 강치 암컷의 정밀한 그림이 도쿄 국립
박물관에 소장되어 있다

※ 남획 : 동물을 함부로 마구 잡음

025 강치^{가지어}가
많이 서식해서 붙여진
독도의 다른 이름은
무엇입니까?

((♨)) 가제도=가지도

가지어(可支魚) 강치는 경상북도 울릉도, 독도에 서식한 물개과에 속한 포유 동물이다.
『정조실록』에는 '6월 26일 가지도에 가서 보니 가지어 네댓 마리가 놀라 뛰어 나왔는데 생김새는 수우(水牛)를 닮았고 포수가 두 마리를 쏘아 잡았다'고 기록되어 있다.

026 울릉도를
우산국이라 부를 때의 왕으로
부인 풍미녀와의 전설이 있는
인물은 누구입니까?

(((📢))) 우해왕

우해(于海)왕은 대마도 왕에게 항복을 받고 그의 셋째 딸을 데리고 와서 왕비로 삼았다. 풍미녀가 별님이라는 공주를 남기고 죽자, 우해왕은 슬퍼서 뒷산에 병풍을 치고 백날의 제사를 지냈다. 백날 째가 되던 날, 학이 슬프게 울며 지금의 학포로 날아갔다. 그래서 '학포'라는 이름과 '비파산'이라는 이름이 생겼다고 한다.

독도 골든벨

39

027 독도의 해수면※ 아래에 있는
바다의 산해산을
4개 나열하세요.

((♬)) 안용복해산, 독도해산, 심흥택해산, 이사부해산

독도에는 안용복해산, 독도해산, 심흥택해산, 이사부해산 등이 있는데, 키가
조금 더 큰 독도해산은 물 위로 머리를 내놓고 있다. 이처럼 물 위로 모습을
드러내는 경우는 드물어서 해저산의 연구에 도움을 준다.

※ 해수면 : 바닷물의 표면

028 독도의 섬들 중
어민의 숙소가 설치된 곳은
어디입니까?

((♠)) 서도

서도는 경사가 매우 급한 원뿔 형태로 되어 있다. 해안은 급한 낭떠러지가 있고 토양층이 대단히 얇아 식생*이 성장하기 불리하다. 서도의 동쪽에는 태풍이나 폭풍이 닥쳤을 때 어민들이 대피할 수 있는 어민 숙소가 있다. 2009년 2층에서 4층으로 고쳐 지었다.

※ 식생(植生) : 어떤 일정한 장소에서 모여 사는 특유한 식물의 집단

029 등대와 독도경비대 건물이 설치된 독도의 섬은 어디입니까?

((♪)) 동도

동도의 정상부는 섬의 북쪽에 치우쳐 있다. 등대와 독도경비대 관련 건물이 설치된 남쪽 능선부는 대체로 평탄하다. 그러나 바다를 향한 사면은 대부분 높이 약 20~30m의 경사가 급한 낭떠러지(해식애)이고, 토양층이 거의 없거나 얇아 식생피복*이 대단히 어렵다.

※ 식생피복(植生被覆) : 어떤 일정한 지역을 식물로 덮는 일.

030 봄철, 독도에서
가장 먼저 피는 꽃의
이름은 무엇입니까?

((◢)) 갯장대

독도에는 계절을 대표하는 아름답고 깜찍한 꽃이 있는데, 봄에 동도와 서도의
길과 완만한 경사면에서 '갯장대' 가 가장 먼저 꽃을 피운다.

031 과거에는 있었지만,
현재 독도에서
찾아볼 수 없는 나무는
무엇입니까?

((♨)) 곰솔(해송)

독도의 나무로는 섬괴불나무, 동백나무, 보리밥나무, 사철나무, 향나무와 이
식한 무궁화나무 등이 있고, 곰솔은 과거에는 있었으나 모두 말라죽었다.

032 독도의 가장 대표적인 새
이름은 무엇입니까?

((♨)) 괭이갈매기

괭이갈매기는 독도를 번식지로 이용하는 대표 텃새로 매년 4~6월에 동도와
서도의 모든 곳을 번식지로 삼는다. 한배의 산란 수는 1~4개이다. 괭이갈매기
다음으로는 바다제비가 있다.

독도 골든벨

45

033 독도와 울릉도에 서식하는 곤충들의 종류는 같습니까?

((♪)) 아니다. 울릉도에 없는 곤충들이 독도에 있다.

울릉도에 서식하는 곤충 841종에 비하면 독도의 곤충 종은 울릉도의 10% 수준에 불과하다. 하지만 독도에 출현한 곤충 종류 가운데 약 30%가 울릉도에서는 확인되지 않은 것들도 있다.

034 독도는 많은 곤충의
생물지리적 한계선 역할을
한다는 말은 맞습니까?

((◁)) 맞다

장님노린재는 세계 분포상 북방한계선으로 알려져 있고, 초록다홍알락매미충
은 동방한계선, 섬방아벌레는 서방한계선이다.
이 외에 독도에서 발견된 주요 곤충류로는 흰띠명나방, 벼룩잎벌레, 벌꼬리박
각시, 작은 멋쟁이나비, 쟈바꽃등에, 무당벌레 등이 있으며, 독도에는 총 11목
47과 93종의 곤충이 서식하고 있다.(문화재청, 『한국의 자연유산독도』, 2009.
페이지 252~263 참조)

OX Quiz 1

1. 독도의 주소는 '대한민국 경상북도 울릉군 울릉읍 독도리 1~96번지'이다.

2. 독도는 동도와 서도 두 섬으로 구성되어 있다.

3. 독도에서 울릉도까지의 거리가 일본 영토 오키군도 까지보다 더 가깝다.

4. 독도의 기후는 한반도와 동일한 대륙성 기후다.

5. 독도는 기온의 일교차와 연교차가 크다.

6. 우리나라 섬 중에서 가장 먼저 생겨난 섬은 제주 도다.

7. 독도는 화산 분출로 형성된 섬이다.

8. 독도의 침식이 빠르게 진행되는 이유는 화산섬이기 때문이다.

9. 독도는 현재 문화재청에 의해 천연기념물로 지정되어 있다.

10. 우리나라 영토의 가장 동쪽 끝에는 독도가 있다.

11. 독도는 바위섬이므로 잡초성 식물 외에는 식물이 거의 자라지 않는다.

12. 독도 주변에서 흔히 볼 수 있는 어종은 조기다.

13. 독도 인근에는 아열대물고기가 서식하지 않는다.

14. 독도에는 하이드레이트 등 많은 광물자원이 있다.

15. 독도 주변 수심 200m 이하 깊은 바다 속에 있는 인체에 유용한 물은 해양 심층수이다.

16. 독도의 옛 이름 중 하나가 죽도다.

17. 우산국 사람들은 자신이 살고 있는 울릉도를 무릉도라고 불렀다.

18. 우리나라가 '독도'란 이름으로 부른 것은 해방이후다.

19. 독도란 '외로운 섬' 또는 '홀로 섬'이란 뜻이다.

20. 우산국은 순우리말로 '우르뫼'다.

21. 독도를 서양인들은 리앙쿠르암(Liancourt Rock) 이라고도 불렀다.

22. 일본은 독도를 섬(island)이 아닌 바윗덩어리 (rocks)였다고 주장하고 있다.

23. 독도 주변에는 '미역바위'도 있다.

24. 독도에 서식한 흰털을 지닌 물개 이름은 강치다.

25. 독도 주변에 서식하던 강치가 자취를 감춘 이유는 환경 파괴 때문이다.

26. 강치가 많이 살았다고 해서 붙여진 독도의 이름은 삼봉도다.

27. 우산국 때, 풍미녀와의 전설이 있던 인물은 우해왕 이다.

28. 독도에는 해수면 아래에 안용복해산, 지증왕해산 등의 바다의 산이 있다.

29. 독도해산과 같이 해산이 수면 위로 모습을 드러내는 경우는 흔한 일이다.

30. 어민의 숙소가 설치된 곳은 독도의 서도다.

31. 등대와 독도경비대 건물이 설치된 독도의 섬은 동도다.

32. 독도의 두 섬은 바다를 향한 사면이 대부분 경사가 완만하다.

33. 봄에 독도에서 가장 먼저 피는 꽃은 갯장대다.

34. 독도에는 곰솔(해송)과 같은 나무가 있다.

35. 독도의 가장 대표적인 새는 괭이갈매기다.

36. 독도에 서식하는 곤충은 울릉도와 거의 동일하다.

37. 장님노린재는 세계 분포상 독도가 북방한계선으로 알려져 있다.

Puzzle 1

가로열쇠

② 어떤 나라의 연안으로부터 200해리까지의 수역

⑦ 장독 따위를 놓아두려고 만든 약간 높직한 곳

⑨ 경지, 주택 등으로 사용하는 지면 (박경리의 소설 제목)

⑩ 예전에, 거적을 깔고 엎드려 윗사람의 처벌을 기다리는 일을 이르던 말

⑫ 조선 숙종 때 어부. 독도와 울릉도가 조선 땅임을 일본에 확인시켰다

⑬ 일본 도쿠카와 막부가 자기 나라 어민에게 발급한 울릉도 조업허가서

⑮ 백제의 마지막 왕성 (위례성 → 웅진성 → ○○성)

⑰ 조선 제19대 왕의 실록. 상평통보 주조

⑲ 해수와 담수에 사는 부유성 미세생물

세로열쇠

① 사람이나 조직을 자기의 뜻이나 규칙대로 복종시켜 다스림

③ 남의 산에 있는 돌이라도 나의 옥을 다듬는 곳에 소용된다는 뜻의 사자성어

④ 집안의 가장을 중심으로 기록한 공적인 장부 (○○초본)

⑤ 국제사회나 국제 공동체의 공존과 발전을 위해, 국가 간의 권리와 의무에 관하여 규정한 법률

⑥ 예전에, 통역을 맡아보는 벼슬아치를 이르던 말

⑧ 1953년 홍순칠 대장을 중심으로 독도를 지키기 위해 조직되었던 민간단체

⑪ 한국과 일본 규슈 사이에 있는 섬

⑭ 아무에게도 도움을 받지 못하는 곤란한 상태에 처하게 된 것을 이르는 말

⑯ 주민등록을 옮긴 최초의 독도 주민

⑱ 삼국유사에 전하는 일본 땅의 왕이 된 신라인

가로세로
퍼   즐

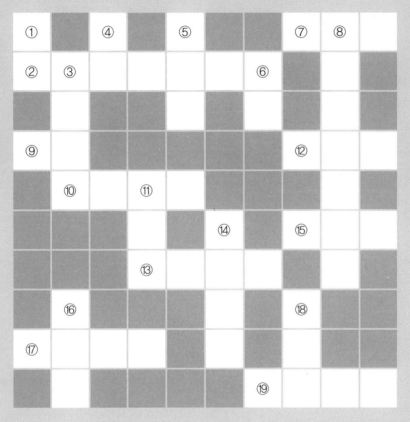

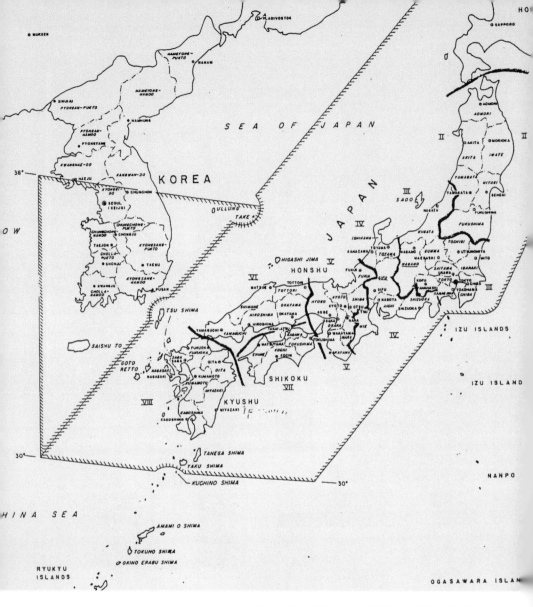

연합군 최고 사령관 SCAPIN 제 677호의 부속지도

한국과 일본의 영토를 구분하였다.
독도를 TAKE라고 표기는 했지만 한국 영토로 포함시켰다.
− 독도박물관 제공 −

한국 정부가 1954년 발행한 독도 우표 3종
− 독도박물관 제공 −

시마네현 고시 제 40호

일본 정부는 이 고시가 일본 각의를 거친 고시라고 주장하지만 실제는 주변국이나 관보, 중앙지에 일절 게재하지 않고 시마네현에서만 돌려본 동네 문서에 불과하다.
이는 국제법상 효력이 없다.

− 독도박물관 제공 −

독도 골든벨

지증왕 때
우산국을 정벌했다는 기록이 있다.

물론 울릉도의 역사는
무덤이나 유적을 살펴보면 선사시대까지 올라간다.
현포리, 남서리, 저동리에서 고인돌, 현포리에서는
민무늬토기와 간석기도 발견된 걸로 보아
늦어도 청동기시대부터는
사람이 살았을 것으로
추정한다.

지켜야 할 우리땅

역사 1

035 울릉도가 우리나라 문헌에
처음 나타난 시기는
언제입니까?

((♠)) 신라 22대 지증왕

지증왕 때 우산국을 정벌했다. 그러나 울릉도의 역사는 무덤이나 유적을 살펴
보면 선사시대까지 올라간다. 현포리, 남서리, 저동리에서 고인돌, 현포리에
서는 민무늬토기와 간석기도 발견된 걸로 보아 늦어도 청동기시대부터는 사
람이 살았을 것으로 추정한다.

036 지증왕 때
하슬라주(강릉)의 군주로
우산국을 정벌시킨 장군은
누구입니까?

((♌)) 이사부

지증왕이 512년에 현재의 강릉에 하슬라주를 설치하며 이사부를 하슬라주 군주로 임명한다. 지증왕은 신라의 동북방에 12성을 쌓았고 해양 정책에 깊은 관심이 있었기 때문에 이 무렵 이사부가 우산국을 복속시킨 것이다.

037 신라 장수 이사부가
우산국을 정벌※ 했다는 기록이
있는 책의 이름은
무엇입니까?

((🔊)) 삼국사기

『삼국사기』는 고려 인종 23년(1145)경 김부식이 신라·고구려·백제 3국의
정치적인 흥망과 변천을 중심으로 편찬한 역사서이다. 고려시대부터 『삼국유
사』와 함께 경주부에 전해오던 것을 조선 태조 3년(1394)에 없어진 것만을 골
라 다시 새겼고, 중종 7년(1512)에 와서는 고판 가운데에서 전혀 볼 수 없는 것
만을 보완해서 새겼다.

※ 정벌 : 무력으로 치다, 다른 나라나 죄 있는 집단을 무력으로 침

038 신라가
우산국을 정복할 때
신라 장수 이사부가 사용한
신무기의 이름은
무엇입니까?

(((♠))) 허수아비 나무사자

이사부는 우산국 사람들이 미련하고 사나워서 굴복하지 않았기 때문에 허수아
비 나무사자(조형물)를 만들어 배에 싣고 가서 '만약 너희들이 항복하지 않는
다면 맹수를 풀어놓겠다.'고 으름장을 놓았다. 그래서 그들이 항복하였다.

039 삼국사기에
울릉도를 우산국이라 했지만
독도에 대한 말이 없습니다.
그렇다면 독도는 울릉도와
관계 없는 것입니까?

((◁)) 아니다. 독도는 울릉도의 부속 섬이다.

우리 조상은 독도의 존재를 잘 알고 있었다. 왜냐하면, 독도는 울릉도에서 눈
에 보이는 거리에 있기 때문이다. 독도에 대한 말이 없어도 당연히 독도는 우
산국에 포함된다.
『삼국사기』 권 4, 신라본기 4, 지증마립간 13년(512년) 6월초

040 고려시대
울릉도로 쳐들어온 외적은
어느 족속입니까?

((◢)) 동북 여진족

1018년 떼도둑인 동북 여진족이 쳐들어왔다. 그들은 두만강 유역에 살던 외적
으로 집과 밭을 망가뜨리고 사람들을 내쫓았다.
같은 해 고려 조정에서는 이원구를 울릉도에 파견하여 농기구를 지원하였다
고 고려사에 기록되어 있다. 이는 적극적인 통치 대책을 세웠다는 증거이다.

041 일본에서
가장 오래된 역사서 고사기와
일본서기에는 독도와 울릉도를
어떻게
기록하고 있습니까?

((♪)) 독도와 울릉도가 포함되어 있지 않다.

일본의 정사인 『고사기』와 『일본서기』에 울릉도와 독도는 기록되어 있지 않다.
이는 일본의 영토 범위를 선언한 책에서 울릉도와 독도는 자신의 땅이 아닌
신라의 땅이라는 의미다.

042 동북 여진족이 동해를 거쳐
울릉도에 쳐들어 왔을 때
이용한 바닷길과 정보는
어느 나라가
개척한 것입니까?

((♪)) 발해

발해는 신라를 거치지 않고 동해 바닷길을 통해 곧바로 일본과 교류했다. 겨울
에 부는 계절풍을 이용해 일본까지 갔다. 여진족이 울릉도에 쳐들어온 때는 계
절풍이 부는 11월이었다.

043 13세기 몽골(원)이
일본 정벌에 쓸 선박 제조를
고려인에게 시킬 때, 목재는
어디서 구하려고
하였습니까?

((△)) 울릉도에서 생산된 목재

울릉도 목재를 사용하려고 했으나, 울릉도로 들어가는 뱃길이 험하다는 이유
로 이 계획은 취소되었다.
이는 원이 울릉도를 고려의 영토로 여겼기 때문이다.

044 고려시대 울릉도에 대한
자세한 기록들이 남아 있는 책의
이름은 무엇입니까?

 고려사*

『고려사』에는 울릉도의 크기와 마을의 흔적 등이 일곱 군데나 있고, 석불 · 철
종 · 석탑이 있다는 기록이 있다. 또한, 주민을 울릉도로 이주시키려 한 기록도
있다.
※『고려사』: 김종서, 정인지 등이 세종의 명으로 만든 고려의 역사서이다.

045 삼국사기 이후 고려사까지
우리 역사에서 울릉도와
우산도에 관한 기록을
찾을 수 없는
이유는 무엇입니까?

((◢)) 많은 전란으로 문헌들이 소실되었기 때문

512년부터 삼국시대, 통일신라시대, 후삼국시대에 이르기까지 약 400년 동안 우산국에 관한 기록은 찾아볼 수 없다. 아마도 많은 전란 때문에 문헌들이 소실되었기 때문일 것으로 생각된다.

046 고려시대
울릉도의 사정을 알기 위해
파견된 인물이 아닌 사람은
다음 중 누구입니까?

(김유립, 권형윤, 이원구, 백길)

((△)) 백길

고려 현종 때: 이원구를 여진족에게 빼앗긴 울릉도 주민에게 농기구를 보급하기 위해 파견
고려 의종 때: 김유립 관리 파견, 울릉도의 사정을 보고
고려 고종 때: 대학자인 권형윤을 울릉도 안무사로 파견
태조 왕건이 후백제를 통일하자, 울릉도 사람 백길과 토두가 사절로 태조를 만났다.

047 고려 왕건이 통일을 이루자 울릉도 사람들이 사절로 보내 태조를 알현※한 인물은 누구입니까?

((♪)) 백길과 토두

고려가 후삼국 통일을 이루자, 울릉도 사람들은 태조 13년 9월, 백길(白吉)과 토두(土豆)를 사절로 보내 태조를 알현하게 하였다. 태조는 백길에게 정위(正位), 토두에게 정조(正朝)의 관직을 주었다.

※ 알현: 지체가 높고 귀한 사람을 찾아가 뵘

048 고려시대 울릉도 주민이
동북 여진족의 침략을 받아
본토로 건너오자
나라에서는 어떤 대책을
마련했습니까?

((♤)) 농기구를 지원하였다.

고려 현종 1009~1031년, 울릉도 주민이 여진족의 일파인 동북 여진족의 침략을 받아, 농업이 피폐하여 피난민이 본토에 건너오자, 고려 조정이 농기구를 보내는 등 대책을 세웠다.

049 고려시대
울릉도를 우릉성이라고 하여
우릉성주를 두고 요새화[※]했던
왕은 누구입니까?

((♪)) 고려 덕종(1031~1034년)

중앙정부가 적극 지원하면서 방어 능력을 키우려고 노력하였다. 이 시기에는
이민족의 침략을 막기 위하여 울릉도를 요새화하려고 노력했다.

※ 요새화 : 적이 쳐들어오지 못하도록 군사 시설을 만듦.

050 고려 인종 때
울릉도, 독도는
어느 도 道에 속했습니까?

((♧)) 명주도(지금의 강원도)

고려 인종(1122~1146년) 때에는 중앙정부에서 직접 관리하지 않고, 명주도의
지방관제에 편입시켜 다스렸다.

051 고려 의종 때부터
울릉도에 백성들을 옮겨
살게 했던 정책을
무엇이라고 부릅니까?

((△)) 사민정책

의종(1146~1170년)은 1157년에 울릉도의 토질이 비옥하여 옛날에 주현을 둔 일도 있어 가히 백성을 살게 할 수 있다는 말을 듣고, 김유립을 파견하여 조사 하였다.

052 조선시대
울릉도 및 남해안의 완도, 진도 등에
왜구의 침입이 잦아
실시했던 정책은
무엇입니까?

((△)) 공도(섬을 비움)정책

신분 상승을 위해서 또는 군역을 면하기 위해서 섬지방으로 도피한 사람들이
왜구와 서로 짜고 해안지방을 소란케 한다고 하여 울릉도 섬 지방 전체에 거주
민이 없도록 한 정책이다.
공도정책 = 쇄환정책

053 조선시대 동국여지승람,
신증동국여지승람에서
독도와 울릉도를
어느 지역에 🐦
포함시켰습니까?

((🔊)) 강원도 울진현

『동국여지승람』, 『신증동국여지승람』에 울릉도와 독도가 행정구역상 강원도 울진현에 속한다고 명시하였고, 『신증동국여지승람』의 '팔도총도'는 울릉도와 독도를 별개의 섬으로 그려놓은 최초의 지도이다.

054 신증동국여지승람의
부속지도에 나타난 우산도(독도)가
가상의 섬이라고
일본이 주장하는 이유가

무엇입니까?

((♪)) 15세기 지도 제작술의 한계를 이해 못하는 무지에서
비롯되었다.

🔍 일본은 이 부속지도에 우산도(독도)가 울릉도보다 더 한반도에 가깝게 그려져
서 우산도(독도)는 실재하지 않은 가상의 섬이라고 주장한다. 15세기의 지도
제작술을 이해하지 못하기 때문이다.

조선 태종에게 일본인들이
울릉도에 살게 해달라고
애원한 사람은
누구입니까?

((♠)) 대마도주(대마도를 지배하던 섬의 영주)

『조선왕조실록』에서 1407년 대마도주가 애원했으나 조선 태종이 단호하게 거절했다는 기록이 나온다. 이것은 15세기부터 일본이 울릉도를 넘보기 시작했다는 증거이다.

조선시대,
섬을 비우는
공도정책을 폈습니다.
그후 섬을
어떻게 관리했습니까?

((♠)) 수시로 감시 관찰

조선은 1884년까지 약 450여 년 동안 섬을 비우게 한 동안에도 관리를 보내 섬을 감독하고 지켜왔다. 이는 영토 포기가 아니라 수시로 감시 관찰하며 섬을 관리하는 정책 중의 하나이다.

057 조선시대, 공도정책 때문에
울릉도는 늘 왜구들의 소굴*이
되었다고 하는데
맞습니까?

((◁)) 아니다. (왜구는 없었다)

왜구들이 살았다는 이야기는 거의 없다. 조선이 울릉도 등지를 자주 수색하고
왜구의 거점이었던 대마도를 본보기로 습격했기 때문이기도 하다. 김인우가
2차 쇄환을 위해 울릉도 등지를 다녀왔을 무렵인 1419년, 세종은 군함 220척
을 보내 대마도를 기습했다.

※ 소굴: 도적 따위와 같이 해를 끼치는 무리가 활동의 근거지로 삼고 있는 곳

058 조선 세종이
김인우를 무릉등처안무사에서
우산무릉등처안무사로
관직명을 바꿔 임명한 이유는
무엇입니까?

((♠)) 우산과 무릉이라는 두 개의 섬에 대해 더욱 정확한 정
보를 얻으려고 한 것

세종이 김인우를 '무릉등처안무사' 에서 '우산무릉등처안무사' 로 임명한 것은
우산도와 무릉도가 두 개의 다른 섬이라는 것을 말해 주는 것이다.

059 조선 태종이
처음 명령한 울릉도민 쇄환정책은
언제
완료되었습니까?

((♨)) 세종 20년, 1438년

호군 남회와 사직의 조민이 무릉도(울릉도)로 들어가, 도민 66명을 모두 데리고 나왔다. 태종 때 처음 명령한 공도정책은 35년 뒤인 세종 때 일단락되었다.
『세종실록』권82, 세종 20년(1438년) 7월 초

060 우리 역사상 처음으로
우산도와 무릉도(울릉도)가
원래 두 개의 섬이라고
말하고 있는 우리 책은
무엇입니까?

((♠)) 고려사지리지

1451년에 편찬된 『고려사지리지』는 조선이 건국된 지 60여 년이 지나 편찬된 세종 때의 역사책이다. 이 책에는 우산도와 무릉도(울릉도)가 원래 두 섬이라는 말이 처음 나온다.

061 고려사지리지에
'서로 거리가 멀지 않아
날씨가 맑으면 바라볼 수 있다.'는
기록이 있는데, 이때 맑으면
바라보이는 섬은
어디입니까?

((△)) 울릉도와 독도

일본인들은 여기에 나오는 우산도를 울릉도 동쪽 2km 거리에 있는 '죽도'라
고 한다. 하지만 그것은 전혀 가능성이 없는 주장이다.
왜냐하면 아무리 험한 날씨에도 죽도는 울릉도에서 잘 보이기 때문에, 날씨가
맑을 때만 보인다는 우산도란 결국 '독도'이다.

062 고려사지리지 이후
우산도와 무릉도가 두 개의
다른 섬이라고 단정하고 있는
책은 무엇입니까?

((♪)) 세종실록지리지

『세종실록지리지』는 우산도와 무릉도가 두 개의 다른 섬이라고 단정하고 있다. 이 기록은 우산도(독도)라는 섬을 그 시대의 사람들이 확실히 조선의 영토로 알았다는 점에서 귀중한 자료이다.

063 세종실록지리지에
'정동 바다 가운데 있는 두 섬이
서로 거리가 멀지 않아
날씨가 맑으면 바라볼 수 있다' 고
기록된 섬을 신라 때는
무엇이라 불렀습니까?

((△)) 우산국 또는 울릉도

『세종실록지리지』기록에는 우산도와 무릉도를 함께 신라 때 우산국이라 불
렀다고 한다. 『고려사지리지』에서는 '울릉도=무릉도=우릉도=우산국' 이라
고 했으나 이 책은 '우산도+무릉도=우산국=울릉도' 라는 생각을 새롭게 하
였다.

064 일본이
동해에 독도가 있다는 사실을
알았던 때는
언제입니까?

((▲)) 17세기(일본학계)

17세기에 일본인들이 우리나라를 왕래할 당시에는 독도를 마쓰시마(송도)라
고 했다. 일본인들은 현재 독도를 다케시마(죽도)라고 부르지만, 그 이름은 역
사적으로는 울릉도를 부르는 말이다.

065 에도막부시대의 일본인은
울릉도를
누구의 땅으로
확인했습니까?

((♪)) 조선령

일본 에도막부시대에 부산 동래부와 대마번 사이에 조선령인 다케시마(울릉도)로 일본인이 도항하거나 들어가 거주하는 것을 금지한다는 내용이 확인되었다. 이것을 보면, 울릉도는 분명히 조선땅이라는 것을 일본이 확인한 것이다.

066 광해군일기에
대마도 사람들이 울릉도에
살고 싶다고 글을 보내왔을 때,
조선 조정에서는
어떻게 처리하였습니까?

((♠)) 대마도주의 요청을 단호히 거부했다.

👉 조선 조정은 '울릉도가 조선 땅이라는 것이 『여지승람』에도 기재되어 있고 양
국 조정의 약속을 준수하라'면서 대마도주의 요청을 거부했다.
『광해군일기』 권82, 9월 2일 (광해군 6년, 1614년)

067 조선 숙종 때,
독도가 우리 땅이라고
대마도에 가서 주장한 사람은
누구입니까?

((◁)) 안용복

안용복은 1654년 태어나 동래수군에 들어가 능로군으로 복무했다. 1693년 울
릉도에서 고기잡이를 하던 중 일본어민이 울릉도에 침입하자 이를 막다가 일
본으로 끌려갔다. 이때 에도막부에게 울릉도가 조선 땅임을 주장하고 서계(書
啓)를 받았으나, 귀국 도중 쓰시마도주에게 서계를 빼앗겼다. 그후 안용복은
고기잡이 하는 일본 배를 추격하여 영토 침입을 꾸짖었으며 하쿠슈(伯州) 태
수로부터 영토 침입에 대한 사과를 받고 귀국했다.

068 울릉도와 독도를 지키기 위한
조선시대 안용복의 노력을
소개한 책의 이름은

무엇입니까?

((♪)) 번례집요

『번례집요』는 1598년에서 1841년까지 일본과의 외교관계를 기록한 책이다.
이 책에서 대마도주가 울릉도와 죽도를 조선 땅으로 인정했다는 내용도 있다.
1697년 대마도에서 자신들의 잘못을 사과하고 울릉도를 조선 땅으로 확인한
다는 막부의 통지를 보냈으나 안용복의 죄는 풀리지 않았다.
그의 활약으로 철종시대까지는 울릉도에 대한 분쟁은 없었다.

안용복이
용감한 행동에도 불구하고
귀양을 가야 했던 이유는
무엇입니까?

((📶)) 허락없이 국경을 벗어나(월경죄) 국제 외교 문제에
끼어든 행동 때문

조선 조정에서 귀양을 보낸 이유는 안용복의 행동은 의롭고 마땅한 일이기는
하나, 자신을 '울릉우산양도감세관(鬱陵于山兩道監稅官)'이라고 스스로 칭
하고, 외교 문제에 개인적으로 끼어들었기 때문이다.

070 조선시대
울릉도에 일본인들이 들어오는 것을
막기 위해 울릉도 등을
2년 간격으로 순시·감독하도록
명령한 왕은
누구입니까?

((♪)) 숙종

울릉도 문제가 마무리될 무렵, 숙종은 울릉도 등지에 대해 2년에 한 번으로
사람을 보내 순시, 감독을 하도록 명했다. 이후 조선 조정은 18세기 말까지 예
외적인 경우를 제외하고는 3년에 한 번 울릉도 등지를 수토한다는 방침을 지
켰다.
수토(搜討) = 순시(巡視)

071 안용복 이후,
조선은 수토정책을 펼쳤습니다.
이때 울릉도에 다녀왔다는 증거로
관리들이 조정에 내보인 것은
무엇입니까?

((♠)) 황토구미에서 가져온 황토

울릉도에 '황토구미'라고 부르는 곳이 있다. 이곳은 화산지대인 울릉도에서
좀처럼 볼 수 없는 황토가 나는 곳으로 유명하다. 절벽 아래 움푹 팬 '황토굴'
이 바로 황토를 찾아볼 수 있는 장소이다.

072 일본 에도막부에서
외국에 건너가 고기잡이를
할 수 있도록 허가해 주는
면허장은 무엇입니까?

((△)) 독도도해면허; 송도도해면허

'죽도도해면허(1618)'와 '송도도해면허(1661)'는 죽도(울릉도)와 송도(독도)가 조선 영토임을 증명해 주는 자료이다. 당시 에도막부도 잘 알고 있었다. '도해면허'란 외국에 건너갈 때 막부에서 허가해 주는 면허장이기 때문이다.

073 1693~1695년 사이에
벌어졌던 울릉도·독도 영유권은
어떻게 해결되었습니까?

((◁)) 일본의 에도막부는 울릉도와 독도, 부속 도서를 조선
의 영토로 재확인하였다.

'죽도도해면허'와 '송도도해면허'는 취소되었으며, 일본 어민들은 조선의 영
토인 울릉도(죽도)와 그 부속 도서인 독도(우산도, 송도)에 건너가 고기잡이를
할 수 없게 금지되었다.

074 일본이
1618부터 독도를 실효 지배했다는
독도고유영토설은
사실입니까?

((🔊)) 거짓이다

일본이 타국입국을 허락한 송도·죽도도해면허는 결국 자기 나라 영토가 아님
을 보여주는 증거라고 할 수 있다. 일본은 도해면허를 신청한 두 가문에게 고
기잡이를 하며 다투게 될 것을 염려하여 한 가문씩, 한해씩 번갈아 고기잡이를
하도록 허락한 것 뿐이다.

075 일본 에도막부는
일본 어부들이 조선 해역으로
넘어가 고기잡이를
금지한 이후 이를 잘
지켰습니까?

((◦)) 잘 지켰다.

에도막부는 울릉도·독도에 대한 조선의 영유권을 잘 존중하였다. 1832년 '하지 우에몬'이란 사람이 울릉도에 들어가자 그를 처형하고, 나무로 만든 경고판을 세워 바다 건너 다른 나라로 가는 것을 금지하였다.

076 1702년에 일본에서 만든
겐로쿠 일본지도에는
울릉도와 독도가 자기 나라
영토로 표시되어
있습니까?

((♪)) 표시되어 있지 않다.

울릉도 영토분쟁이 끝난 뒤에 처음으로 만들어진 일본의 지도(겐로쿠 일본지도)에는 동해에 울릉도와 독도가 없다. 당시 에도막부가 울릉도와 독도를 조선 땅으로 인식하고 있었다는 것을 잘 보여주는 지도이다.

077 1821년에 실제 측정하여 만든
대일본연해여지노정전도에
울릉도와 독도가 표시되어
있습니까? 🐦

((△)) 표시되어 있지 않다.

1821년 이노 다다타카가 일본 전국을 실측해 완성한 지도가 〈대일본연해여지
노정전도〉이다. 20여 년의 시간이 걸린 측량에 일본의 최서쪽 섬인 오키섬까
지 측량하고도 독도가 빠져 있다는 것은, 독도가 조선의 땅이었기 때문이다.

1809년
일본 에도막부에서 만든
울릉도와 독도가 조선 동해에
가까이 붙어 있는 지도는
무엇 입니까?

((△)) 일본변계략도

〈일본변계략도〉는 1809년에 에도막부의 명령으로 편찬한 공인지도이다. 울릉도와 독도를 조선의 동해안에 가까이 붙여 그린 걸 보면 일본에선 울릉도와 독도가 조선의 영토로 여기고 있었음을 알 수 있다.

조선 성종 때, 실제로
삼봉도에 여러 차례 다녀왔지만,
관리들에게
억울한 죽임을 당한 사람은
누구입니까?

((A)) 김한경

당시 함경도 지방에 삼봉도가 이상향으로 알려지면서 갖가지 뜬소문이 나돌
자 성종은 '삼봉도가 진짜 있는지 알아보라'고 했다. 그 임무를 받은 양반 관
료들은 험한 바닷길에서 모험하기 싫어 탐사도 하지 않고 애초부터 있지도 않
은 섬이라고 하며, 여러 번 다녀온 김한경을 모함하여 죽게 했다.

080 일본 에도막부가
울릉도와 독도를 조선의 영토로
재확인할 때 죽도(울릉도)만
기록하였습니다.
그렇다면 독도는
어떻게 됩니까?

((♤)) 죽도(울릉도)라고 언급해도 당연히 송도(독도)가 포함되는 것이다.

1696년 울릉도와 독도를 조선의 영토로 재확인한 간단한 기록에서는 죽도(울릉도)로만 있고, 자세한 기록에서는 죽도와 그 외 1도로 되어 있다. '그 외 1도'는 하나의 섬인 '송도(독도)'까지 포함된 것이다.

OX Quiz 2

1. 독도가 우리 문헌에 처음 나타난 시기는 신라 지증왕 때이다.

2. 지증왕 때, 하슬라의 군주인 이사부는 우산국을 정벌하였다.

3. 고려 때, 울릉도 주민이 여진족의 침략을 받아 농업이 어려워지자 나라에서는 농기구 등을 지원했다.

4. 고려 의종 때부터는 울릉도에 백성을 옮겨 살게 하는 공도정책을 실시하였다.

5. 조선시대 울릉도 및 남해안의 완도, 진도 등에 왜구 때문에 사민정책을 실시하였다.

6. 조선 동국여지승람, 신증동국여지승람에서 독도와 울릉도는 강원도 울진현에 속한다.

7. 일본은 신증동국여지승람의 부속지도에 나타난 우산도(독도)를 인정하였다.

8. 조선 태종에게 시마네현 영주가 일본인들이 울릉도에 살게 해달라고 애원하였다.

9. 조선은 섬을 비우는 공도정책을 한 이후에도 수시로 감시 관찰하였다.

10. 조선의 공도정책 때문에 울릉도는 늘 왜구들의 소굴이 되었다.

11. 조선 세종이 쇄환정책을 실행하면서 김인우를 '무릉등처안무사'로 삼았다.

12. 조선 태종이 처음 명령한 울릉도민 쇄환정책은 조선 내내 계속되었다.

13. 처음으로 우산도와 무릉도(울릉도)가 원래 두 개의 섬이라고 언급하고 있는 책은 고려사지리지이다.

14. 고려사지리지에 '서로 거리가 멀지 않아 날씨가 맑으면 바라볼 수 있다'는 곳은 울릉도와 독도이다.

15. 세종실록지리지에서 우산도와 무릉도가 두 개의 다른 섬이라고 단정하고 있다.

16. 세종실록지리지에 정동 바다 가운데 있는 두 섬을 우산국 또는 울릉도라고도 했다.

17. 일본은 동해 상에 독도가 존재한다는 사실을 19세기부터 알게 되었다.

18. 안용복은 조선 숙종 때 독도가 우리 땅이라고 대마도에 가서 주장하였다.

19. 조선시대 울릉도와 독도를 지키기 위한 안용복의 노력은 번례집요에 나와 있다.

20. 안용복의 용감한 행동에 감동하여 조선 조정에서는 큰 상을 내렸다.

21. 조선 숙종은 울릉도 등을 2년 간격으로 순시, 감독하도록 명령한 왕이다.

22. 조선시대 울릉도에 갔다 왔다는 증거로 관리들이 조정에 미역과 명이나물을 내보였다.

23. 일본인의 죽도도해면허나 송도도해면허는 일본이 독도를 지배, 점유했다는 증거가 될 수 있다.

24. 도해면허란 자국 내에서 어업을 허가해 주는 면허장이다.

25. 일본 에도막부로부터 울릉도와 독도와 부속 도서는 조선의 영토로 재확인되었다.

26. 일본의 에도막부가 조선의 영토로 재확인할 때 죽도(울릉도)로만 기록되어 있어도 송도(독도)가 포함된 것이다.

27. 일본 에도막부가 일본 어부들의 조선으로의 월경 고기잡이를 금지한 이후 이를 잘 준수하였다.

28. 1821년에 실제 측정하여 편찬한 대일본연해여지노정전도에 울릉도와 독도가 표시되어 있지 않다.

29. 일본 에도막부 명령으로 편찬한 지도인 일본변계략도에는 울릉도만 그려져 있다.

30. 조선 성종 때, 김한경은 실제로 삼봉도에 여러 차례 다녀왔지만, 관리들에 의해 억울한 죽임을 당했다.

Puzzle 2

가로열쇠

① 고려와 조선시대 언론과 감찰을 관장하던 관
③ 여울이 턱져 물살이 세차게 흐르는 곳
④ 조선시대 지방 행정조직의 육방 중의 하나로 이서의 우두머리
⑦ 고려시대에 김부식 등이 인종의 명을 받아 편찬한 기전체 역사책
⑧ 헤어졌던 사람들이 서로 만남
⑩ 우리나라 남동부에 있는 도(독도도 이곳에 속함)
⑬ 불을 붙이면 타는 성질을 갖고 있어, 일명 불타는 얼음이라고 불리움
⑮ 생강과에 속한 여러해살이풀 (노란색을 띤 카레의 원료)
⑰ 예전에, 주로 왕이 쓰던 금으로 만든 관
⑱ 연체동물 두족강 오징엇과에 속한 동물을 통틀어 이르는 말(울릉도 특산물)
⑳ 민간의용대였던 독도의용수비대의 대장
㉑ 중세 때 활동하던 직업 기마무사(돈키호테)

세로열쇠

② 철기문화를 바탕으로 만주 서북부에 있던 고대국가
④ 귀와 눈을 이르는 말
⑤ 경상북도 울릉군에 속한 섬
⑥ 신라 지증왕 때, 우산국을 정벌한 장군
⑦ 봉우리가 세 개여서 붙여진 독도의 다른 이름
⑨ 지방에서 서울로 올라옴
⑪ 왕에게 올리는 글
⑫ 울릉도의 숲 속이나 우리나라 북부에서 자라는 다년생 초본(산마늘)
⑭ 갈매기과의 대표적인 텃새
⑯ 수산 자원을 가장 풍부하게 수확할 수 있는 어장
⑲ 옻나무의 진으로 그릇이나 가구 등에 바르는 일

가로세로
퍼   즐

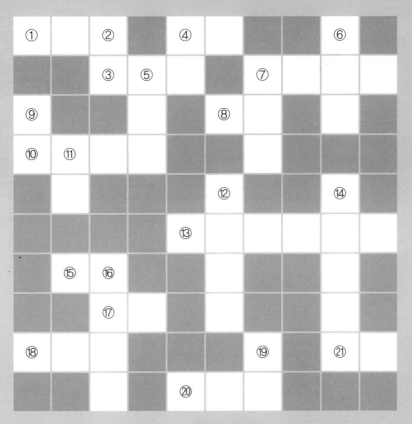

독도 골든벨

1904년
일본인이 내무, 외무, 농상무 세 대신에게
'량코도 영토 편입' 이란 문서를 올렸다.

이는 서양인들이 부르는
'리앙쿠르' 를 일본식으로 읽은 것이다.
독도를 무단 편입시키면 국제문제가 될 것이 두려워
마치 서양인이 처음 발견한 무인도인 양
말을 바꾼 것이다.

물려주어야 할 우리 땅

근세~현대

081 20세기 들어
일본의 불법적인 독도 편입[※]은
언제부터 시작되었습니까?

((♪)) 러 · 일전쟁 직후 일본의 시마네현 공고로 독도를 일
본에 불법 편입

일본이 우리나라를 공식적으로 합병한 것은 1910년이지만 그보다 5년 전 조
선을 통치하기 위해서 만든 통감부 때부터 일본의 통치를 받기 시작했다.

※ 편입 : 이미 구성된 모임이나 조직 따위에 끼어들어 감

082 20세기 초
일본은 독도를 편입하면서
독도란 이름 대신
어떤 이름을
사용했습니까?

((♪)) 량코도

1904년 일본인이 '량코도 영토 편입'이란 문서를 올렸다. 이는 서양인들이 부르는 '리앙쿠르'를 일본식으로 읽은 것이다. 독도를 무단 편입시키면 국제문제가 될 것이 두려워 마치 서양인이 처음 발견한 무인도인 것처럼 말을 바꾼 것이다.

083 일본인들이
독도를 다케시마라고
부르게 된 때는
언제부터 입니까?

((△)) 1905년 일본이 독도를 시마네현에 불법으로 편입시키
면서부터

원래 일본인들이 울릉도를 다케시마(죽도), 독도를 마쓰시마(송도)라고 불렀
다. 그러다 마쓰시마(송도)가 한때 울릉도의 이름이 되고 독도의 이름은 사라
졌다. 또 한때는 '량코도'라고 불렀다.
그러다가 1905년 일본이 불법으로 시마네현의 속현으로 편입시키며 붙인 것
이다.

084 조선 고종의 명으로
울릉도 개척을 위한
환경을 조사하고
일본인들을 살펴보고 오라는
명령을 받은 사람은
누구입니까?

((♨)) 이규원

고종은 이규원에게 울릉도 동쪽 30리 정도의 거리에 우산도(독도)가 있고, 또 '송죽도'(松竹島)라는 섬이 있어서 3섬이 있다는 설을 조사하고 울릉도에 사람을 이주시켜 읍(邑)을 설치할 만한 후보지까지 알아 오라고 명령했다.

085 이규원이 고종의 명을 받고
울릉도를 돌아보고
지형과 특산물 등을 조사하여
쓴 책은
무엇입니까?

((ᴨ)) 이규원의 검찰일기

고대 우산국의 터전이 울릉도 · 죽서도 · 우산도(독도)의 3도로 구성되었다고
생각했다. 그는 울릉도에 들어가 있는 사람들, 조선인이 하는 일, 일본인의 수
와 하는 일, 울릉도를 재개척하여 읍을 세울 나리동(羅里洞)에 대한 설명, 또
포구는 14 군데가 있으며, 산물들을 보고하였다.

086 울릉도를 다녀온
이규원의 보고를 받고
고종이 곧바로 시행한 정책은
무엇입니까?

((♫)) 울릉도 개척

조선 조정은 일본에 울릉도를 마음대로 침입하지 말 것과 함부로 나무를 베어 가지 말 것을 강력하게 요청하였다. 일본도 이를 받아들여 울릉도에 있는 일본인들을 모두 떠나게 하고, 불법으로 나무를 베는 것도 그만두게 하였다.

087 19세기에 공도정책을 폐기하고
조선이 독도와 울릉도에 대해
취한 정책은
무엇입니까?

((♠)) 재개척정책

조선 조정은 이규원의 추천으로 함양에서 일찍이 산삼과 약재를 구하러 울릉
도에 출입한 전석규를 도장에 임명하고, 울릉도 재개척 사업을 준비시켰다.

088 조선 고종은
무엇 때문에
울릉도 재개척을 위해
김옥균을 울릉도개척사가 아닌
동남제도개척사 겸 관포경사로
임명하였습니까?

((A)) 울릉도와 독도, 죽도의 3개 섬과 부속암초가 있다는
사실을 알아서

'울릉도개척사' 대신 이보다 넓은 지역을 포함하는 '동남제도개척사 겸 관포경사'에 임명하였다. 이규원이 보고한 현지의 상황을 듣고 울릉도, 독도, 죽도의 3개의 섬과 부속 암초가 많다는 것을 알았기 때문이다.

089 동남제도개척사 겸 관포경사
김옥균이 주도한
울릉도 독도 재개척은
어떻게 되었습니까?

((◢)) 성공했다.

성공하였으나 김옥균 등 개화파가 일으킨 갑신정변의 실패로 명성황후의 수
구파 정권 때는 열의가 주춤했고, 1894년 온건개화파가 집권하자 활기를 띠
었다.

090 # 1900년
울릉도의 실태를 조사하기 위해
파견한 조사단의 이름은
무엇입니까?

((◖)) 우용정 조사단

우용정 일행은 1900년 5월 31일 울릉도에 도착해 6월 1일부터 5일간 울릉도
실태를 조사하고 보고서를 제출하였다.

091 울릉도의 실태를 조사한
우용정 보고서 내용에 따르면
수전농업※이
가능합니까? 🌼

((♠)) 경사가 심해 불가능

보고서에는 울릉도의 자연환경, 거주하는 일본인의 실태 파악, 교통, 세금, 도 감을 통해 다스리는 문제에 관한 내용이 포함되어 있다.

※ 수전(水田)농업 : 논에 물을 대어서 짓는 농사법, 수리시설이 있어야 가능

092 대한제국은
울릉도 · 죽서도 · 독도를 묶어
울도국의 관리를 임명하였는데
그는 누구입니까?

((♨)) 군수 배계주

내부대신 이건하는 1900년 10월 22일 울릉도 · 죽서도 · 독도를 묶어 '울도군'
으로 지방 행정 체계상 격을 올리고 행정관리도 군수로 임명하여 파견하였다.

093 대한제국이
독도에 대한 통치권 행사를
제도화하여 공포한 중요한 법은
무엇입니까?

((♠)) 1900년, 칙령 제41호

대한제국이 1900년, 칙령 제41호로 울도군의 행정구역 안에 독도(石島)를 명확히 표시하였다.

당시의 만국공법(국제공법·서양국제법) 체계 안에서 독도가 대한제국의 영토임을 재확인한 사건이었다. 이 칙령은 『관보』에 게재돼 전 세계에 공포되었다.

094 1905년,
일본의 내각회의 결정이
국제법상 문제가 없었다는 주장이
틀렸다는 우리나라의 근거자료는
무엇입니까?

((♠)) 1900년, 대한제국 칙령 제41호의 공포

우리나라의 칙령 공포는 일본이 독도를 침탈하려고 1905년 1월 28일 일본 내
각회의에서 소위 영토편입 결정을 하기 약 5년 전의 일이다.
1900년, 전 세계를 대상으로 공포된 '대한제국 칙령 제41호'에 의해 거짓말이
라는 것이 밝혀진 것이다.

095 19세기 말,
울릉도와 독도 부근에서
어로 활동을 하던 일본 어민
나카이는 독도를
어느 나라 영토로
알고 있었습니까?

((♠)) 대한제국 영토

나카이는 1903년 독도에서 해마잡이로 수익을 올리고, 독점하기 위해 일본 정부의 알선을 받아 독도의 소유자인 '대한제국' 정부로부터 어업독점권을 획득하려 했다.
1910년에 쓴 나카이의 '이력서'와 '사업경영개요'에서 '독도가 울릉도에 부속하여 대한제국의 영토라고 생각했다'고 쓰고 있다.

096 일본 어민 나카이는
독도에서의 어업독점권을
대한제국에 신청하려던 계획을
어디로 변경했습니까?

((♠)) 일본 정부

일본 해군성은 나카이에게 '독도는 무주지(주인 없는 섬)'라고 한 후, 독도의
어업독점권을 얻으려면 대한제국 정부에 신청할 것이 아니라 일본 정부에 하
라고 했다. 이에 나카이는 일본 정부의 내무성 · 외무성 · 농상무성의 3대신에
게 제출했다

097 **1905년, 일본은
독도의 일본 영토 편입 결정을
어떻게 알렸습니까?**

((♪)) 시마네현 지사가 1905년 고시문을 시마네현 현보에
작게 실었다.

일본 정부는 당연히 대한제국 정부에 사전 조회해야 했고 또 사후 통보했어야
했다. 그러나 이러한 조회·통보가 없었다. 대신 시마네현 지사는 1905년 2월
22일 자의 '죽도 편입에 대한 시마네현 고시 제40호'를 신문에 실었다.

098 대한제국은
일제의 독도 침탈 사실을
어떻게 알게 되었습니까?

((♤)) 1906년, 일본의 시마네현 오키시마사 일행이 울도군
수 심흥택에게 알렸다.

1906년 3월 28일, 일본 정부는 대한제국에 조회해 오거나 통보해 온 것이 아
니다. 일본의 시마네현 오키시마사 일행이 독도를 시찰하고 돌아가는 길에 울
릉도에 들러 울도군수 심흥택에게 이 사실을 알렸다.

099 울도군수 심흥택은
일본 관리들에게 독도를
영토 편입했다는 말을 듣고
어떻게 대응했습니까?

((⚑)) 강원도 관찰사에게 긴급 보고

심흥택은 울릉도를 방문한 일본 관리들이 떠나자마자, 이튿날인 1906년 3월 29일, 그의 직속상관인 강원도 관찰사에게 긴급 보고를 올렸다.
그는 독도가 울도군 소속임을 명확히 규정해 대한제국 영토이고 자기의 행정 책임군인 울도군에 속한 영토임을 알렸다.

100 '울릉도와 독도는
온슈의 경계 밖에 있으니
일본 땅이 아니다'라고
기록되어 있는
일본의 가장 오래된 책은
무엇입니까?

((♠)) 온슈시청합기

1667년에 저술된 사이토 후센의 『온슈시청합기』가 있다. '독도와 울릉도에서 고려(조선)를 보는 것이 마치 일본의 운주(雲州) 출운국 오키시마를 보는 것과 같다. 따라서 울릉도와 독도는 고려에 속한 것이고 일본의 서북쪽 경계는 은주 (은지도)'라고 밝히고 있다.

101 '독도는 일본 영토가 아니다' 는
일본 현행법령으로
현재까지 유효한
2개의 문건은 무엇입니까?

((♠)) 1960년, 대장성령 43호
1968년, 대장성령 37호

대장성령 43호와 37호는 전후 연금수급자 선정 및 일본 점령지역 회사 재산
정리 등을 목적으로 한 기존 법령의 개정 법령이다. 여기서 독도를 일본 영토
에서 제외하고 있다.
일본은 미국 점령 시 일본 정부의 행정권이 미치는 범위를 표시한 것일 뿐, 일
본의 영토 범위를 나타낸 것은 아니라고 우긴다.

102 1952년 해방 후,
일본의 독도영유권 주장에 대한
한국 정부의 대응은
무엇이었습니까?

((▲)) 인접 해양의 주권에 대한 대통령 선언(일명 평화선)
발표

한국 정부는 1952년 1월 18일 '인접 해양의 주권에 대한 대통령 선언(일명 평
화선)'을 발표했다. 내용은 한반도와 그 부속도서의 해안에 인접한 '대륙붕'
과 '어업 보존수역'을 정하고 이에 대한 대한민국 주권의 보존과 행사를 설정
한 것이었다. 여기에는 물론 독도와 그 영해가 포함되었다.

한국전쟁 당시
독도를 공군 폭격 연습장으로
사용한 나라는
어디입니까?

((㈜)) 미국

미 공군은 독도에 1952년 폭격을 가했다. 이에 한국 정부는 미 공군에 강력하
게 항의하며 재발 방지를 요구하자 그들은 폭격 연습지로 사용하지 않겠다고
한국 정부에 알려 왔다. 이는 독도의 주인이 누구인지 분명히 아는 행동이다.

1948년, 1952년
미군이 독도를 폭격한 이유는
무엇 때문입니까?

((♠)) 연합군 사령부에서 해상폭격 연습지로 지정

☞ 일본 도쿄에 설치된 연합군 사령부가 독도를 미군 폭격 연습지로 지정하였다.
미국과 일본은 독도가 일본 땅이라고 자기들끼리 합의를 했다. 또한, 1951년,
'샌프란시스코강화조약'에서 일본은 미국의 기상 관측소 및 레이더 관측기지
로 사용할 수 있게 하였다.

105 SCAPIN 연합국 최고사령관 지령

제677호의 내용에서 독도는 어떻게 처리되었습니까?

((ᐸ)) 일본 영토에서 분리

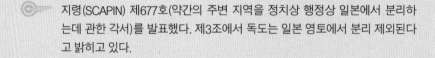

지령(SCAPIN) 제677호(약간의 주변 지역을 정치상 행정상 일본에서 분리하는데 관한 각서)를 발표했다. 제3조에서 독도는 일본 영토에서 분리 제외된다고 밝히고 있다.

※ SCAPIN · Supreme Commander for the allied Powers Instruction Index Number

106 SCAPIN 연합국 최고사령관 지령
제677호에서 일본 영토에서
분리되지 않은 섬은
어디입니까?

① 울릉도 · 리앙쿠르암 · 제주도
② 오키나와 · 이즈 · 난팡 · 오가사와라 및 화산군도와 다이토
   제도 · 오키노토리시마 · 미나미토리시마 · 중지조도 등
③ 쿠릴열도 · 하보마이군도 · 시코탄섬 등
④ 대마도

((♪)) ④

일본은 4개 본도와 약 1천 개의 작은 인접 섬을 포함한다고 정의된다. 1천 개의 작은 인접 섬에 포함되는 것은 대마도 및 북위 30도 이북의 류큐제도이다.

107 대한민국의
독도영유권*을 보장하는
또 하나의 SCAPIN 연합국 최고사령관 지령
은 어떤 것입니까?

((♠)) SCAPIN 제1033호

연합국 최고사령관은 1946년 6월 22일 SCAPIN 제1033호 제3조에서 일본인의 어업 및 포경업의 허가 구역(일명 맥아더 라인)을 설정 '일본인은 리앙쿠르 암(독도)의 12해리 이내에 접근하지 못하며, 또한 동도에 어떠한 접근도 하지 못한다' 고 규정하였다.

※ 영유권 : 토지 따위를 차지하여 가질 권리

108 연합국의 구 일본 영토 처리에 관한 합의서 초안에서 한국에 반환시킬 영토는 어디입니까?

((소)) 한반도 본토와 제주도, 거문도, 울릉도, 독도

연합국은 1949년 12월 평화조약 준비작업 문서로 연합국의 구 일본 영토 처리에 관한 합의서를 작성했다. 이 합의서에 독도를 대한민국에 반환시킨다는 내용이 있다.

109 연합국이 작성한
제5차 대^對일본강화조약 초안까지는
독도의 이름이 있다가
제6차 초안부터 빠지게 된 배경은
무엇입니까?

((♠)) 일본 측의 로비가 있었기 때문이다.

일본은 1949년 당시 일본 정부 고문이었던 시볼드(Sebald)를 내세워 로비했다. 독도를 한국 영토에서 제외하고 일본 영토에 포함해 달라는 서한을 미국무성에 보냈다.

110 샌프란시스코에서 열린
연합국의 대對일본강화조약에서
독도의 명칭이 빠진 것을
어떻게 이해해야 합니까?

((♠)) 특별한 언급이 없어도 이전 연합군 합의에 따라 독도는 한국 땅이다.

1951년 샌프란시스코에서 열린 연합국 평화회담의 조약문에서 '독도'의 명칭이 빠진 것은 이전 연합국의 합의 결정에 따르된다. 연합국의 합의 결정은 독도는 한국 영토 SCAPIN 제677호이다.

111 연합국이
일본의 패전에 대비해
일본이 빼앗은 영토를
원주인에게 돌려주겠다고 결의한
국제회의는 무엇입니까?

((♠)) 카이로회담, 포츠담회담

1943년 미·영·중의 '카이로선언'을 발표했다. 1945년 포츠담선언(미·영·소·중)의 근거에 따라, 일본 영토를 '1894년 이전의 원래 일본'으로 환원시킨다고 규정했다. 따라서 독도는 한국에 반환할 대상이 된 것이다.

일제 강점기에
독도는
어디 소속으로
되어 있었습니까?

((♠)) 형식상 일본 시마네현 오키시마 소속으로 돼 있었으
나 실제로는 울릉도의 부속 도서로 취급되었다.

일본성에서 발행한 '지도구역일람도'에 대일본제국에 속한 지역을 본주(本
州), 조선, 관동주, 대만, 사할린, 쿠릴열도, 난세이제도, 오가사와라군도 등으
로 집단 분류했다. 이때 독도를 울릉도의 부속 도서에 포함시켰다.

113 독도를 일본 영토에 포함하는
6차 대^對일본강화조약
미국 초안은 그 후
어떻게 처리되었습니까?

(((△))) 폐기되었다.

제6차 미국 초안에서 독도를 일본 영토로 수정 표시를 본 호주, 뉴질랜드, 영국이 반론을 제기했다. 이 반론에 미국은 '독도를 일본 영토라고 해석한다' 는 답변서를 보내자 그들은 미국의 수정에 반대하였다.

114 1951년,
샌프란시스코 평화조약에서
일본이 1905년 일본 영토로 편입한
한국 땅은
어떻게 처리됩니까?

((♨)) 반환 대상이다.

연합국은 일본이 뺏은 토지의 반환 기준 시점을 1894년 1월 1일로 정했다. 이에 따라 일본은 대만과 팽호도(澎湖島)를 중국에 반환하고, 1905년 11월에 빼앗은 랴오둥반도를 중국에, 사할린을 러시아에 되돌려줬다. 따라서 독도도 반환 대상이다.

115 1951년 설정된 한국 방공식별구역^{KADIZ※}으로 독도는 어느 나라 영토에 포함되었습니까?

((๑)) 대한민국 영토로 포함됨

한국전쟁이 시작되자 유엔군과 미국 태평양 공군사령관은 한국 방공식별구역을 설정했다. 이것에 의하면, 독도는 한국 영토로 재확인되어 한국 방공식별구역 안에 포함됐으며, 일본 방공식별구역에서는 독도가 제외되어 오늘날까지 유지되고 있다.

※ KADIZ : Korea Air Defense Identification Zone

116 한국전쟁 중
독도의용수비대를 만들어
독도를 일본으로부터
지켜낸 사람은
누구입니까?

((♨)) 홍순칠*

일본은 우리가 전쟁으로 정신없는 틈을 타 독도에 '일본령(日本領)'이라는 표지를 세웠다. 이에 1953년 울릉도 출신 전역 군인들이 홍순칠을 대장으로 하여 '독도의용수비대'를 결성하여 독도에 주둔하였다. 그 후 일본이 여러 차례 무장침공하였으나 이를 모두 물리쳤다.

※ 홍순칠 대장에 대한 논란이 있음을 밝힙니다.

117 한국전쟁 중에
일본의 독도 도발[※]에 대해
한국은
어떻게 대응했습니까?

((♨)) 울릉도 애국청년들이 독도의용수비대를 조직해 일본
측의 무장침공에 대응했다.

울릉도의 청년 30여 명은 홍순칠을 대장으로 독도의용수비대를 조직해 1953
년 4월 21일 대한민국 국기인 태극기 게양식을 거행했다. 이것은 독도가 대한
민국의 영토임을 민간 청년들이 전 세계에 다시 선포한 것이다.

※ 도발 : 남을 집적거려 일을 돋우어 일어나게 함

118 울릉도 애국청년들이 독도의용수비대를 조직하여 몇 차례 일본과 교전했습니까?

((△)) 4차례

독도의용수비대는 1차로 일본 경비정이 1953년 5월 28일, 2차로 1953년 6월 25일, 3차로 1953년 8월 23일, 4차로 1954년 4월 22일 독도 해안에 접근해 온 것을 기관총과 박격포로 이들을 모두 격퇴시켰다.

※ 의용 : 의로운 일을 위하여 일어나는 용기

119 독도의용수비대가
일본의 침략을 무력으로 막아내자,
일본이 항의했습니다.
이때, 한국 정부는
어떻게 대처했습니까?

((A)) 한국은 이때마다 이를 반박하는 구술서*를 주일(駐
日) 대한민국 대표부를 통해 일본 정부에 발송했다.

'독도는 한국 영토이고 일본의 무장 선박이 한국 영토와 영해에 불법 침입한
사건에 항의한다' 는 내용이었다.

※ 구술서: 어떤 사건 따위에 대하여 자신이 직접 행하였거나 보고 들은 것을
자세히 적은 글

120 1953년,
일본이 독도에 불법 침범해
한국의 영토 표시와 위령비를
파괴한 후 일본 영토로 표시한
사건에 대한 한국 정부의 대응은
무엇입니까?

((△)) 독도 수호 결의 채택

대한민국 국회에서 일본의 독도 침범을 격렬히 규탄하고, 대한민국 국회와 경
상북도 의회의 결의는 일본의 독도 침범에 대한 항의와 동시에 정부에 대해 독
도 수호에 적극적으로 대처할 것을 요구하였다.

121 한국이 일본과 외교 논쟁 외에
독도에 대한 실효적 지배※를 위해
실행한 조치는
무엇입니까?

((♪)) 동도에 등대를 설치

1954년 서울 주재 각국 공관에 한국 동해에 있는 한국 영토 독도에 등대를 설치했으며, '이 등대는 1954년 8월 10일 12시에 점등을 개시했음을 통고하는 영광을 가진다.'는 내용을 통보하기도 했다.

※ 실효적 지배 : 국가가 토지를 유효하게 점유하고 구체적으로 국가 기능을 미치어 통치함으로써 지배권을 확립하는 일

122 한국이
독도의 실효적 지배를 위해
등대 설치 이외에
다른 조치를 취한 것은
무엇입니까?

((♪)) 1954년 9월 15일 독도풍경 우표 3종을 발행

1954년 9월 15일, 액면가 2환-500만 장, 액면가 5환-2,000만 장, 액면가 10환-500만 장을 발행했다. 한국 정부의 독도우표 발행은 독도의 실효적 지배의 강화를 나타낸 것이었다. 3종 한국 우표는 독도의 전경을 직접 그린 것이어서 독도가 한국 영토임을 잘 보여주고 있다.

123 # 1965년,
제1차 한일어업협정이
체결됐을 당시
한국은 독도영유권을
손상받았습니까?

((△)) 손상 받지 않았다.

한국과 일본은 국교 재개를 위해 한일 예비회담에서 일본 측은 독도 문제를 거론했으나 한국이 거부했다. 일본은 1965년 한일기본관계조약과 부수협정 체결 때도 독도를 거론하지 않았다. 국제법상 독도가 한국 영토임을 일본이 인정한 것이다.

1965년,
제1차 한일어업협정이
체결됐을 때 평화선이
철폐 되었습니까?

((♠)) 평화선을 한국이 공식적으로 철폐를 선언한 적이 없다.

1965년 한일어업협정에서 영해를 12해리로 적용하였다. 그 당시 대한민국
정부는 평화선을 넘어오는 일본 어선들을 붙잡아 처벌하고 있었으므로, 독도
와 일본 오키시마 사이에 그어진 평화선은 독도 수호에 중요한 역활을 하고
있었다.

125 일본이 1996년,
유엔 신해양법을 채택해
200해리 경제전관수역을
설정키로 할 때 동해 쪽의 기점은
어디입니까?

((♧)) 독도(다케시마)

이것은 독도를 일본 영토로 만들려는 수작이었다. 이에 대한민국 외무부는 일본 측이 독도를 일본 EEZ의 기점으로 취한 1년 2개월 후인 1997년 7월 말 한국 EEZ의 기점을 울릉도로 한다고 발표했다.

EEZ : Exclusive Economic Zone

126 유엔신해양법에 따라
200해리 배타적경제수역을
선포할 수 있는 권리가 생긴 후
한국과 일본 간에 새롭게 맺은
어업협정은 무엇입니까?

신한일어업협정·

당시 한국의 어려운 경제적 상황(IMF 구제금융)을 이용하여 일본이 1997~98년 일방적으로 어업협정을 파기함으로써 새롭게 협정을 맺었다. 독도가 중간수역에 포함되어 한국 어민들이 오징어를 잡는 대화퇴 어장(大和堆漁場)의 조업권 절반 이상을 잃었다.

127 1998년
신한일어업협정^{2차 한일어업협정} 안에
따르면 독도는
어떻게 설정되었습니까?

((♫)) 중간수역(한일 공동관리수역)

일본 측은 독도를 중간수역(한일 공동관리수역)에 설정한 새 어업협정안을
내놓았다. 두 나라의 협의로 두 나라 연안에서 35해리를 중간수역의 좌변과
우변으로 설정해 독도는 중간수역 안에 포함했다.

128 한국은
신한일어업협정 시 정한
EEZ를 독도 기점으로
다시 선언할 수
있습니까?

((△)) 언제든지 자유롭게 공포할 수 있다.

기점을 선택하고 공포하는 것은 오직 EEZ 결정에만 중첩수역에서 해당 국가
들 사이의 합의가 필요할 뿐이다.
대한민국 정부는 결국 2006년 독도를 EEZ의 기점으로 채택하고 선언한 바
있다.

129 한국은 독도가 무인도라서
EEZ 기점이 되지 않는다고 했는데
일본은 어떻게 독도를
그들의 EEZ 기점으로
잡았습니까?

((♤)) 독도는 원래부터 유엔 해양법에서도 EEZ의 기점이
될 수 있는 섬이었다.

유엔 신해양법 121조 3항에 따라 인간이 거주할 수 있거나 독자적 경제활동을
할 수 있으면 EEZ 기점이 될 수 있다.
일본은 태평양 쪽 작은 암초 위에 등대를 세운 후 일본 EEZ 기점으로 했다.

130 신한일어업협정 이후
한국 정부가 독도에
설치한 시설은
무엇이 있습니까?

((🔊)) 접안시설, 어민숙소

☞ 독도의 동도, 서도에 배를 해안에 댈 수 있도록 시설을 설치하고, 어업기지를
발전시키기 위한 어민숙소도 만들었다. 이는 독도영유권에 대한 대한민국의
의지를 잘 나타낸 것이다.

OX Quiz 3

1. 20세기 들어 일본의 불법적인 독도 편입은 러·일전 쟁 직후 시작되었다.

2. 20세기 초 일본은 독도를 편입하기 전부터 '다케시 마'라고 불렀다.

3. 일본인들이 독도를 '다케시마'라고 부르게 된 때는 1905년 시마네현에 편입시키면서부터이다.

4. 미국이 1948년, 1952년 독도를 폭격한 이유는 연합 군 사령부에서 해상 폭격연습장으로 지정했기 때문 이다.

5. 대한제국 때 고종의 명으로 이규원이 울릉도를 조사 하였다.

6. 이규원은 울릉도 탐사 후 이규원 검찰 일기를 썼다.

7. 19세기에 조선은 독도와 울릉도에 대해 여전히 공도정책을 펴고 있었다.

8. 조선 고종은 울릉도 재개척을 위해 김옥균을 울릉도 개척사로 임명하였다.

9. 조선시대 김옥균의 울릉도 독도 재개척은 결국 실패하였다.

10. 1900년 울릉도의 실태를 조사하기 위해 우용정 조사단을 파견하였다.

11. 우용정 일행에 의하면 '울릉도는 최소 수전농업을 할 수 있는 여건이다' 라고 보고하였다.

12. 대한제국은 울릉도, 죽서도, 독도를 묶은 '울도국' 초대 군수로 배계주를 임명하였다.

13. 대한제국이 1900년 칙령 제41호를 통해 독도에 대한 통치권 행사를 제도화하였다.

14. 칙령 제41호는 당시의 만국공법 체계 안에서 독도가 대한제국의 영토임을 재확인한 사건이었으나 관보에 게재하지는 못했다.

15. 대한제국의 칙령 공포는 일본 내각회의에서 소위 영토편입 결정을 하기 약 5년 전의 일이다.

16. 19세기 말, 일본 어민 나카이는 독도를 대한제국 영토로 알고 있었다.

17. 일본 어민 나카이는 독도에서의 어업 독점권을 얻기 위해 대한제국에 신청하였다.

18. 1905년, 일본은 독도의 일본 영토편입 결정을 시마네현 지사가 현보에 조그맣게 게재했다.

19. 19세기 말, 일본은 독도가 무주지(주인이 없음)라고 주장했다.

20. 대한제국은 일제의 독도 침탈 사실을 정식으로 통보받았다.

21. 울도군수 심흥택은 일본 관리들에게 독도를 영토 편입했다는 말을 듣고 경상도관찰사에게 긴급 보고했다.

22. 일본에서 가장 오래된 혼슈시청합기에 '울릉도와 독도는 온슈의 경계 밖에 있으니 일본 땅이 아니다'라고 써 있다.

23. 일본 문건 1960년 시행 대장성령 37호와 68년 대장성령 43호에는 '독도는 일본 영토가 아니다' 라고 했다.

24. SCAPIN(연합국 최고사령관 지령) 제677호의 내용 중 독도는 일본 영토에서 분리되었다.

25. 대한민국의 독도 영유를 보장하는 또 하나의 지령 은 SCAPIN 제1033호이다.

26. 연합국의 구 일본 영토 처리에 관한 합의서 초안 에는 제주도 · 거문도 · 울릉도는 포함되었지만, 독 도는 포함되지 못했다.

27. 1951년 샌프란시스코 평화조약에서 일본이 1905 년 일본 영토로 편입한 한국 땅은 반환 대상이다.

28. 1951년 설정된 한국방공식별구역(KADIZ)으로 독 도는 대한민국 영토로 증명되었다.

Puzzle 3

가로열쇠

② 세종의 재위 기간 동안의 역사를 기록한 세종장헌대왕실록에 수록된 전국 지리지
⑥ 전라남도와 전라북도를 아울러 이르는 말
⑧ 신라의 최고 관직
⑩ 우리 민족의 시조이며 고조선의 첫 임금
⑪ 조선시대 범죄자를 잡거나 다스리는 일을 맡아 보던 기관
⑫ 1965년 6월과 1998년 11월 체결한 한 · 일 양국간의 어업협정
⑱ 일본 실학자 하야시 시헤이가 그린 지도(독도가 조선의 영토와 같은 색으로 그려짐)
⑲ 한국에 관한 모든 것을 알려주는 사이버 관광 가이드이자 사이버 외교사절단

세로열쇠

① 국가에서 징수하는 세금
③ 조선시대의 왕과 왕비의 위패를 모신 사당(유네스코 세계문화 유산)
④ 매화꽃이 지고 열리는 열매
⑤ 다른 사람의 땅을 빌린 댓가로 내는 돈
⑦ 석유를 넣은 그릇의 심지에 불을 붙이고 유리로 만든 등피를 끼운 등
⑨ 한국과 일본의 규슈(九州) 사이에 있는 해협
⑩ 옛날식 건물의 벽과 기둥, 천장 따위에 여러 가지 색으로 그림이나 무늬를 그림
⑪ 일정한 설비를 갖추어 고래를 잡는 데 쓰는 배
⑬ 남한산성 안에 있는 조선 후기의 목조건물
⑭ 독도는 우리 땅이라는 노래를 부른 가수
⑮ 예전에 신라를 이르던 말
⑯ 돌로 된 섬이라고 해서 붙여진 독도의 다른 이름
⑰ 석가나 승려가 세상을 떠나는 것

가로세로
퍼   즐

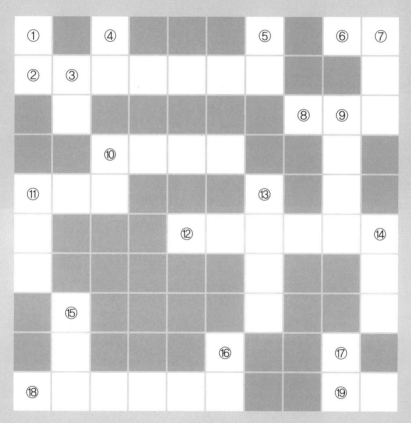

① ④ ⑤ ⑥ ⑦
② ③
⑧ ⑨
⑩
⑪ ⑬
⑫ ⑭
⑮
⑯ ⑰
⑱ ⑲

독도 골든벨

시마네현 의회는 2005년 3월 16일
'다케시마의 날' 조례를 제정하여 공포하고 즉각 발효시켰다.

또한,
독도에 침범하여 해양 조사, 해저 탐사, 과학실험 조사 등을 실행하고 있다.
2006년 6월에는 방사능 측정까지 하겠다고 제의하기도 했지만,
우리나라의 강력한 반대로
실행되지 못했다.

대한민국 우리땅

인물·지도

131 최근
일본의 독도 침탈 정책은
어떻게 나타나고 있는지
나열해 보세요.

((♤)) '다케시마의 날' 조례 제정, 독도 주변 해양 조사, 해
저 탐사, 과학실험 조사, 교과서 왜곡 파동, 일본 정치
인들의 망언 등

일본 시마네현 의회는 2005년 3월 16일 '다케시마의 날' 조례를 제정하여 공
포하고 즉각 발효시켰다.
또한, 독도에 침범하여 해양 조사, 해저 탐사, 과학실험 조사 등을 실행하고 있
다. 2006년 6월에는 방사능 측정까지 하겠다고 제의하기도 했지만, 우리나라
의 강력한 반대로 실행되지 못했다.

132 독도의 날은 언제입니까?

((♫)) 10월 25일

울릉군은 2008년 10월 25일 오후 3시, 울릉한마음 회관에서 울릉군수와 울릉
군의회 의장 및 주민 등이 참석하여 이날을 '독도의 날'로 선포했다. 울릉군은
'1900년 10월 25일 칙령 제41호가 제정된 이날을 '제108주년 독도의 날'로
선포한다'라고 했다.

133 일본인 하야시 시헤이가 편찬한 삼국통람도설의 부속지도로 울릉도와 독도를 조선 영토인 황색으로 표시한 지도는 무엇입니까?

((♪)) 삼국접양지도

일본의 학자 하야시 시헤이가 1785년에 편찬한 『삼국통람도설』에 있는 '조선지도'에는 각국 영토를 나라별로 달리 채색한 지도가 있다. 이 지도를 보면 조선은 황색, 일본은 녹색으로 채색되어 있는데 울릉도와 독도를 정확한 위치에 그리고, 조선의 색인 황색으로 채색되어 조선의 영토임을 분명히 밝혔다.

134 19세기
일본인이 그린 삼국접양지도를
프랑스어로 출판한 독일인은
누구입니까?

((♫)) 클라프로트

클라프로트는 1832년 『삼국통람도설』에 있는 '삼국접양지도'를 프랑스어로
번역 출판하며 독도와 울릉도에 'Takenoshima a la coree(다케시마는 조선의
것)'이라고 써넣어 한국 영토임을 분명하게 밝혔다.

135 1737년에
조선왕국전도를 그리며
독도와 울릉도를
조선 영토로 표시한
프랑스의 지리학자는
누구입니까?

((◁)) 당빌

이 지도에서는 독도(우산도)와 울릉도를 한국 동해안에 더욱 근접하게 그려
'독도'가 한국 영토임을 분명하게 표시하였다.

136 프랑스의 벨랭이
울릉도와 독도를
조선의 영토로 표시한 지도는
무엇입니까?

((🔊)) 조선왕국도

프랑의 벨랭(Belin)이 당빌의 영향을 받아 제작한 지도로써, 8도를 구분하고
각 지역의 주요 지점을 표기하였다. 동해는 Mer De Coree, 제주도는 Fong ma
로 적었다. 울릉도, 독도를 중국식 발음으로 표기하여 독도가 한국의 영토임
을 분명히 보여주고 있다.

18세기,
영국인 임마누엘 보웬이 제작한
세계지도에는 동해가
어떻게 표기되어 있습니까?

((ㅿ)) 한국해(SEA OF KOREA)

1752년 영국에서 발행한 세계지도는 18세기에 널리 알려져 세계표준지도가
되었다.

138 독도 둘레
200해리에 걸쳐 있는
구역을
무엇이라고 부릅니까?

((♪)) 배타적 경제수역(EEZ)

배타적경제수역(Exclusive Economic Zone)은 자국 연안으로부터 200해리까지의 수역에 대해 천연자원의 탐사·개발이나 보존, 해양 환경의 보존과 과학적 조사 활동 등 모든 주권 권리를 인정하는 유엔해양법상의 개념이다.

139 인터넷 공간에서
동해 되찾기, 독도영유권,
역사교과서 왜곡 등의 문제를 놓고
전투를 치르고 있는
사이버의병 부대의
이름은 무엇입니까?

((△)) 반크*(www.prkorea.com)

대한민국을 해외에 알리기 위한 자발적인 모임 VANK가 1999년 인터넷에서
결성되었다.
내셔널 지오그래픽과 인터넷 포털사이트 라이코스, 세계 최대 여행잡지 론리
플래닛 등에 이메일을 보내 일본해와 함께 동해를 같이 표기토록 만들었다.
※ 반크 : Voluntary Agency Network of Korea

140 독도박물관은
어디에 있습니까?

((♠)) 울릉도

1995년 광복 50주년을 기념하여 울릉군과 삼성문화재단은 이종학 관장이 30
여 년 동안 국내외에서 수집하여 기증한 자료와 고 홍순칠 대장의 유품과 '독
도의용수비대동지회'와 '푸른울릉도가꾸기 모임' 등의 자료를 더해 1997
년 8월 8일 국내 유일의 영토박물관으로 개관하였다.

141 한국의 서지학자로
독도 관련 많은 자료를 모으고
30여 년 동안 독도를 공부한 사람은
누구입니 까?

((♨)) 이종학 관장

젊은 시절 고서점을 운영하며 우리나라 역사와 문화에 대한 관심과 관련 서적
을 수집, 연구하였다. 특히 그는 자료를 개인 연구뿐만 아니라 독립기념관 ·
현충사 · 독도박물관 · 북한 등에도 기증하였다.

142 독도는 우리 땅 노래를
부른 가수 정광태는
일본 입국을 번번이 거부당하고
있는데, 그 이유는
무엇입니까?

((◁)) '독도는 우리 땅'을 부른 이유 때문에

가수 정광태는 '독도는 우리 땅'이라는 노래를 부른 이유 때문에 일본 입국의
허락이 나지 않고 있는 듯하다. 일본 대사관측이 밝히는 결격사유는 단지 '서
류미비'라고 하지만 일본의 치졸함을 보여주는 행동이다.
최근, 일본내 한류스타들에 대한 일본 우익단체의 집단 반대 움직임도 같은 의
미이다.

143 미국 뉴욕 타임스스퀘어 광장
CNN 뉴스 전광판과
뉴욕타임스 등을 통해
독도와 동해 알리기에
노력하는 사람들은
누구입니까?

((♪)) 가수 김장훈, 서경덕 교수

가수 김장훈은 사비를 털어 '뉴욕타임스스퀘어' 광장에 독도 영상광고를 하여
중동과 북아프리카 지역에서도 전파를 타게 했으며, 다른 국가의 유력 일간지
에도 한국을 알리는 광고를 하려는 계획도 있다.

144 가수 김장훈과 서경덕 교수의
해외 전광판이나 신문 광고를
통한 독도 동해 알리기의
부정적 견해는

 무엇입니까?

독도를 분쟁 지역으로 비춰지게 할 수 있다.

일부의 의견이기는 하지만 일본의 속셈은 한국 정부가 공식적으로 독도 문제에 대응하여 국제적으로 이슈화시켜 국제사법재판소로 가져가겠다는 계산이다. 만약 국제사법재판소 참석요구에 불응하면 마치 우리나라가 잘못이 있는 것처럼 일본이 역 홍보를 할 구실을 제공할 수도 있다.

145 일본은 한국이
'독도를 불법점거하고 있다' 고
교과서 왜곡을 하고 있습니다.
이것은 어떤 문제를
발생시킬 수 있습니까?

((🔊)) 한국과 일본의 관계가 나빠지고 불필요한 반일 감정
이나 반한 감정 등이 양국 국민 사이에 생길 수 있다.

역사교육은 자랑스러운 역사나 부끄럽고 욕된 역사라도 오늘을 사는 국민이
그것을 극복해 나가도록 가르쳐야 한다. 왜곡된 역사교과서는 일본의 장래를
위해서도 좋지 않다. 문제 해결을 위해 일본 정부의 의지와 양식 있는 태도가
있어야 한다.

146 '일본은 대한제국의 외교권을 빼앗은 뒤 폭력과 탐욕으로 독도를 편입했기 때문에 이는 정당치 않다' 고 한 양심적인 일본인 학자는 누구입니 까?

((△)) 야마베 겐타로(山邊健太郎)

야마베 겐타로는 1965년 시사월간지 『코리아평론』에 '독도 문제의 역사적 고찰' 이란 논문에서 '독도 문제는 1905년 일본의 영토 편입이 정당한 것이었는지를 문제시하는 데서 시작하지 않으면 안 된다' 고 했다.

147 '한국은 일제 강점기를 제외하고
여건이 갖춰졌을 때 독도를
방치한 일이 없었다'고 말한
일본의 조선 사학자이자
사회경제학자는

누구입니까?

((♤)) 가지무라 히데키(梶村秀樹)

가지무라 히데키, 전 가나가와대 교수는 1978년 『조선연구』의 논문에서 '국제
법적으로 봐도 한국은 일제 강점기 공백 기간이 있었지만, 여건이 갖춰졌을 때
는 독도를 내버려둔 일이 없었다'며 독도가 한국의 것임을 강조했다.

148 시마네현의 100년 등
지방사 연구를 바탕으로
일본의 독도영유권 주장의
허구성을 규명한 일본 학자는
누구입니까?

((♪)) 시마네대 나이토 세이추(內藤正中)

나이토 세이추 교수는 '제2차 세계대전 이전 일본 기록에는 독도가 한국 땅임을 뒷받침하는 자료가 많으며 에도막부 시대의 어민들도 독도를 조선 땅으로 인식했다' 고 지적했다. 그 후 '사적 검증 다케시마 · 독도' 에서도 1905년 일본의 독도 편입 과정의 문제점을 자세히 설명했다.

149 1905년, 일본의 독도 편입은 당시 황금어장을 노렸던 시마네현 어민들과 전략적 요충지※를 확보하려는 일본 정부의 합작품으로 보는 일본학자는 누구입니까?

((♨)) 호리 가즈오(堀和生) 교토대 교수

그는 1987년 '1905년 일본의 독도 영토 편입'에서 '조선 문헌에 독도가 등장하는 것이 일본 측보다 200년 정도 빠르며 그 문헌이 조선의 정사(正史)라는 것 자체가 독도에 대한 국가(조선)의 소속이라는 생각을 보인 것'이라고 말했다.

※ 요충지 : 지세가 작전하기에 유리하게 되어 있어 군사적으로 아주 중요한 장소

150 홍순칠 대장과
독도의용수비대원들이
활동할 당시 수중작업을 돕고
먹거리를 제공했던 사람들은
누구입니 까?

((◢)) 제주도 해녀

홍순칠 대장, 독도의용수비대원들과 울릉경찰서 독도경비대원들이 막사를 지을 때 6명의 제주 해녀들이 수중작업을 돕고 먹거리도 제공했다.
제주도 협제 해녀들이 독도를 방문하여 딴 미역의 수익금을 당시 독도를 지키던 독도의용수비대의 경비에 보탰다는 기록이 있다.

151 독도에
처음으로 주소를 옮기고
상주[※]하기 시작한 사람은
누구입니까?

((♠)) 최종덕

울릉도 주민 최종덕 씨가 독도에 거주하며 고기잡이를 했다. 그후 1981년 주
소를 '경상북도 울릉군 울릉읍 도동리 산 67번지' 로 올렸다. 처음엔 경제적 이
유였지만, '단 한 명이라도 우리 주민이 독도에 살고 있다는 증거를 남기겠다'
면서 남다른 독도에 대한 애정을 보였다.

※ 상주 : 어떤 지역에 항상 머물러 있음

152 최종덕, 조준기 씨 이외에
독도로 주소를 옮기는 사람은
계속 있었습니까?

((A)) 김성도, 김신열 부부 외, 가족 단위로 주소 및 호적까
지 옮긴 사람이 많다

1991년부터는 김성도·김신열 씨 부부가 독도에 상주하면서 어로 활동을 하
고 있다. 한편 1987년 송재욱 씨 가족 5명이 호적을 독도로 옮겼다. 그후 1999
년에 일본인이 독도로 호적을 옮긴다고 하자 한국에서는 황백현 씨 가족 6인
등 현재까지 2,700여 명이 본적을 옮겼다.

153 현재, 독도경비대는 어디 소속입니까?

((♠)) 울릉도 경찰서 소속 (경찰병력)

한국 정부는 1956년 울릉도 경찰서 소속의 '독도경비대'를 창설하였다. 그후 일반경찰과 전투경찰로 전투력을 보강했고 소속을 경상북도경찰청 울릉경비 대(318전투경찰대)로 변경해 오늘에 이르고 있다.

154 한국 정부는
독도를 국유지로 등재하여
현재,
어느 부서에서
관리하고 있습니까?

((ᗄ)) 국토해양부

한국 정부는 1961년 4월 독도를 국유지로 임야대장에 올렸다. 독도 임야지의 관리청은 1961년에는 사정국, 1968년에는 보존국, 1971년에는 건설부, 1976년에는 항만청, 1985년에는 해운항만청, 1997년 11월 13일에는 해양수산부, 현재는 국토해양부로 변경되었다.

155 독도교육과정을 마련하여
초 · 중 · 고 별로
독도 교육 방향을 만든 주체는
어디입니까?

((△)) 교육과학기술부

– 초등학교 : 독도의 중요성을 알 수 있도록 자연 · 지리적 환경과 함께
　　　　　　정치 · 군사 · 경제적 가치 등
– 중학교 : 독도의 역사와 일본 주장의 허구성 등
– 고등학교 : 독도 수호 의지를 다질 수 있도록 하는 내용
　　　　　　이를 수업이나 체험활동, 글짓기나 퀴즈대회, 학교장 훈화 주제
　　　　　　등으로 활용할 수 있다.

156 대한민국 국민이
독도에 들어가기 위해서는
사전 승인을
받아야 합니까?

((🔊)) 개인이 별도로 승인받을 필요가 없다.

🔑 입도 승인은 울릉도와 독도 사이를 운행하는 여객 해운 회사에서 승선인원 보
고로 입도 보고를 대신한다. 그밖에 행사, 집회, 언론사, 취재 및 촬영, 학술조
사 등의 특수목적인 경우에는 입도 14일 이전에 사전 신청을 해야 한다. 신청
은 울릉군이 운영하는 '독도입도 종합안내 사이트' (http://intodokdo.go.kr)에
서 할 수 있다.

157 일본이 동해를
일본해로 바꾸려는
행위에 대한 우리 민간단체의
노력과 그 성과는
무엇입니까?

((△)) 사이버 의병부대 반크 등의 노력으로 일본해와 동해 를 같이 쓰는 잡지도 생겨났다.

일본은 1910년 우리나라를 강제 병합하여 1929년 열린 '국제수로기구'(ILO) 에서 일본해로 공식화하였다. 이에 잘못된 이름을 바로잡기 위해 인터넷상 '반크'의 활약으로 세계적인 잡지인 내셔널지오그래픽이 일본해와 동해 두 가지를 다 쓰기로 했다.

158 우리나라 대통령으로는
처음으로
독도를 방문한 사람은
누구입니까?

((♪)) 이명박 대통령 (2012년 8월 10일)

박정희 대통령이 재임 중 울릉도를 방문한 적은 있지만, 현직 대통령이 독도를
방문하는 것은 이명박 대통령이 처음이다. 그리고 '즉흥적' 으로 이루어진 것
이 아니라 3년 전부터 준비한 일이라고 한다.
이 대통령이 독도를 방문한 것은 일본내 우경화 움직임과 관련이 있는 것으로
본다.

159 독도에 가지 않고도
서울에서 독도에 대한
올바른 정보를 얻고
오감으로 느낄 수 있는
박물관은?

((♨)) 독도체험관

2012. 9.14일 정부(동북아역사재단)가 23억을 들여 서울시 통일로(미근동)에 건립하였다. 자연관에는 120분의 1로 축소한 독도 모형이 있고, 역사 미래관에는 독도의 1,500년 역사기록이 있다. 그리고 4D 영상관에서는 독도 위를 나는 듯한 느낌을 주어 아이들의 흥미를 끈다.

160 # 2012년 9월
경상북도에서 만든
독도의 동도와 서도 봉우리의
정식 이름은 무엇입니까?

((♪)) 동도 봉우리 : 태극봉(太極峰)
서도 봉우리 : 대한봉(大韓峰)

지금까지 공식적인 지명이 정해지지 않았던 독도의 봉우리와 바위에 대해 경상북도가 지명위원회를 열어 독도의 동도 봉우리(해발98.6m), 서도 봉우리(해발 168.5m)와 부속도서 · 바위의 지명 4건을 제정했다.

OX Quiz 4

1. 한국전쟁 중 독도의용수비대를 만들어 독도를 일본 으로부터 지켜낸 사람은 홍순칠이다.

2. 독도의용수비대에 가담한 대원들은 그후 우리나라 정부로부터 국가 유공자 대접을 받아 보상금 및 의료 혜택을 받고 있다.

3. 울릉도 애국청년들이 독도의용수비대를 조직했지 만, 일본과 실제적인 전투는 없었다.

4. 독도의용수비대가 일본의 침략을 무력으로 막아내 자 일본에서는 항의했다.

5. 1953년 6월 25일, 일본이 독도에 불법 침범하여 우리 정부는 독도수호 결의를 채택하였다.

OX QuiZ

6. 한국은 독도에 대한 실효적 지배를 위해 독도에 등대를 세웠다.

7. 한국은 등대 설치 이외에 1954년 9월 15일 독도풍경 우표 10종을 발행하였다.

8. 1965년 제1차 한일어업협정이 체결됐을 때 한국 정부는 독도영유권를 손상 받았다.

9. 1965년 제1차 한일어업협정이 체결됐을 때 '평화선'이 철폐되었다.

10. 일본은 1996년 유엔 신해양법을 채택해 독도를 기점으로 200해리 경제전관수역(EEZ)을 설정키로 하였다.

11. 1998년 신한일어업협정(2차 한일어업협정)에 따르면 독도는 우리 영역으로 편입되었다.

12. 한국은 신한일어업협정 시 정한 EEZ를 2006년 독도 기점으로 다시 선언하였다.

13. 일본은 독도를 유엔해양법 EEZ에 따라 일본의 EEZ 기점으로 잡았다.

14. 카이로선언, 포츠담선언에 따라 일본 영토를 '1905년 이전의 원래 일본으로 환원시킨다' 라고 규정했다. 따라서 독도는 한국에 반환할 대상이다.

15. 일제강점기에 실제로 독도는 일본 시마네현 오키시마 소속으로 돼 있었다.

16. 샌프란시스코에서 열린 연합국의 대(對)일본 평화조약 한국 관련 조약문에서 독도 명칭이 없어도 이전 연합군 합의에 따라 독도는 한국 땅이다.

17. 일본이 2006년 6월에 방사능 측정을 하겠다고 제의하자 한국이 승인했다.

18. 독도의 실효적 점유를 강화하기 위해서는 평화적인 방법보다는 무력으로 해결해야 한다.

19. 독도의 날은 1900년 10월 25일 칙령 제41호를 근거로 하여 제정되었다.

20. 일본이 편찬한 책, 삼국통람도설의 부속지도에는 울릉도와 독도를 조선의 색깔로 표시하고 있다.

21. 19세기 일본이 그린 삼국접양지도를 독일어로 출판한 독일인은 클라프로트이다.

22. 1737년에 조선왕국전도를 그리며 독도와 울릉도를 조선 영토로 표시한 프랑스의 지리학자는 당빌이다.

23. 프랑스의 벨랭이 제작한 지도에는 동해는 Mer de Corea(동해)라고 표기되어 있다.

24. 영국인 보웬이 독도와 울릉도를 동해안에 매우 가깝게 그렸으나 동해의 명칭을 일본해로 표기하였다.

25. 독도 둘레 200해리에 걸쳐 있는 구역을 배타적 경제수역(EEZ)이라고 한다.

26. 반크는 인터넷 공간에서 동해 되찾기, 독도영유권, 역사 교과서 왜곡 같은 문제를 놓고 전투를 치르는 사이버 의병부대이다.

27. 독도박물관은 독도에 있다.

28. 이종학은 서지학자로 독도와 관련해 많은 자료를 모으고 30여 년 동안 독도를 공부했다.

29. 독도는 우리 땅을 부른 가수 정광태는 뉴욕 타임
스스퀘어 광장, CNN 뉴스 전광판과 뉴욕타임스
(NYT)를 통해 독도, 동해 알리기에 노력하고 있다.

30. 일본인 야마베 겐타로는 일본이 대한제국의 외교권
을 빼앗은 뒤에 폭력과 탐욕으로 독도 편입을 했기
때문에 정당치 않다고 주장했다.

31. 일본학자 가지무라 히데키는 한국은 늘 독도를 방
치하였기 때문에 한국의 주장은 터무니없다고 했다.

32. 일본학자 나이토 세이추의 저서인 시마네현의 100
년 등 지방사 연구를 바탕으로 일본의 독도영유권
을 정당화하였다.

33. 호리가즈오(교토대) 교수에 의하면 일본의 독도 편
입은 시마네현 어민과 일본 정부의 이해관계가 맞
아 떨어진 결과로 보고 있다.

34. 2011년 일본 총리의 독도는 일본 고유의 영토란 말
은 1877년 일본 태정관 훈령과 정면으로 위배된다.

35. 독도의용수비대들이 활동할 당시 수중작업을 돕고
먹거리를 제공한 사람들은 제주도 해녀들이다.

36. 제주도 협제 해녀들이 독도를 방문하여 딴 미역의 수익금을 독도의용수비대의 경비에 보탰다는 기록은 홍순칠 대장의 수기에도 나와 있다.

37. 독도에 처음으로 상주하기 시작한 사람은 최종덕이다.

38. 1991년부터 김성도·김신열 씨 부부가 독도에 상주하면서 어로활동을 하고 있다.

39. 독도경비대는 해병대 소속이다.

40. 한국 정부는 독도를 현재 국유지로 등재하여 국토해양부에서 관리하고 있다.

41. 독도선양회에서는 독도교육과정을 마련하여 초·중·고등학교별로 독도교육 방향을 제시하고 있다.

42. 독도에 들어가기 위해서는 개인이 별도로 사전 승인을 받아야 한다.

43. 반크는 일본의 일본해 표기에 대하여 내셔널지오그래픽 사이버 홍보를 통해 동해와 일본해를 같이 쓰게 했다.

Puzzle 4

① 1919년 3 · 1운동 당시 온 국민이 하나가 되어 외친 구호
② 외부로부터 섬을 보호할 힘이 없을 때 섬을 비워서 변방 주민을 보호하는 정책
③ 《우리들의 일밤》의 한 코너이다. 줄여서 나가수라고 부름
④ 조선 고종 때의 정치가이며, 이름은 이하응
⑤ 대한민국과 일본 사이에 맺어진 어업에 관한 조약으로 2차 협정이라 함
⑥ 동학교도 및 농민들에 의해 일어난 민중의 무장 봉기
⑦ 조선 성종 때 각 도의 지리 · 풍속 등을 기록한 지리서
⑧ 전남 해남, 내륙으로는 더 이상 내려갈 곳이 없는 국토의 남단

정답 :

Puzzle 5

① 대한제국 당시 울릉도, 죽서도, 독도를 묶은 울도국의 군수이다.
② 가수 김장훈과 한국 홍보전문가 서경덕 교수가 사재로 독도 영상 광고를 한
  뉴욕의 장소는?
③ 특정 영토를 실제로 통치하고 있는 상태
④ 조선 성종 때 삼봉도에 여러 차례 다녀왔지만 관리들에게 누명을 써 죽은 사람은?
⑤ 1897년에 정한 우리나라의 국호는?
⑥ 1953년 일본이 독도에 불법 침범 후 한국 정부가 채택한 결의는?
⑦ 난류와 한류가 만나면서 생기는 황금 어장은?

정답 :

퍼즐 정답

Puzzle 1

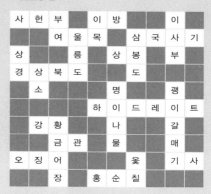

지		호		국			장	독	대
배	타	적	경	제	수	역		도	
	산			법		관		의	
토	지					안	용	복	
	석	고	대	죄			수		
		마		사		사	비	성	
		도	해	면	허		대		
	최			초		연			
숙	종	실	록		가		오		
	덕				플	랑	크	톤	

Puzzle 2

사	헌	부		이	방			이	
		여	울	목		삼	국	사	기
상			릉		상	봉		부	
경	상	북	도			도			
	소				명			괭	
			하	이	드	레	이	트	
	강	황			나			갈	
		금	관		물			매	
오	징	어				옻		기	사
		장		홍	순	칠			

Puzzle 3

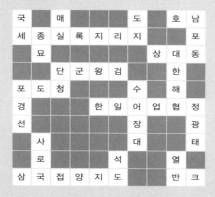

국		매			도		호	남
세	종	실	록	지	리	지		포
	묘				상	대	동	
		단	군	왕	검		한	
포	도	청			수		해	
경			한	일	어	업	협	정
선				장			광	
	사			대			태	
	로			석		열		
삼	국	접	양	지	도		반	크

Puzzle 4, 5

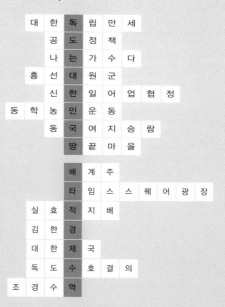

대	한	독	립	만	세			
	공	도	정	책				
	나	는	가	수	다			
흥	선	대	원	군				
	신	한	일	어	업	협	정	
동	학	농	민	운	동			
	동	국	여	지	승	람		
	땅	끝	마	을				

배	계	주					
타	임	스	스	퀘	어	광	장
실	효	적	지	배			
김	한	경					
대	한	제	국				
독	도	수	호	결	의		
조	경	수	역				

OX퀴즈 정답

1

1. O
2. X
3. O
4. X
5. X
6. X
7. O
8. O
9. X
10. O
11. X
12. X
13. X
14. O
15. O
16. X
17. X
18. X
19. X
20. O
21. O
22. O
23. O
24. O
25. X
26. X
27. O
28. X
29. X
30. O
31. O
32. X
33. O
34. X
35. O
36. X
37. O

2

1. O
2. O
3. O
4. X
5. X
6. O
7. X
8. O
9. O
10. X
11. X
12. X
13. O
14. O
15. O
16. O
17. X
18. O
19. O
20. X
21. O
22. X
23. X
24. X
25. O
26. O
27. O
28. O
29. X
30. O

3

1. O
2. X
3. O
4. O
5. O
6. O
7. X
8. X
9. X
10. O
11. X
12. O
13. O
14. X
15. O
16. O
17. X
18. O
19. O
20. X
21. X
22. O
23. O
24. O
25. O
26. X
27. O
28. O

4

1. O
2. X
3. X
4. O
5. O
6. O
7. X
8. X
9. X
10. O
11. X
12. O
13. O
14. O
15. X
16. O
17. X
18. X
19. O
20. O
21. O
22. O
23. O
24. X
25. O
26. O
27. X
28. O
29. X
30. O
31. X
32. X
33. X
34. O
35. O
36. O
37. O
38. O
39. X
40. O
41. X
42. X
43. O

4C경	신라 양식의 토기가 울릉도에서 발견됐다
512	신라 하슬라주(강릉) 군주 이사부 우산국 정벌, 독도를 한국사에 편입
512~930	삼국시대, 통일신라시대, 후삼국시대까지 400여 년간 자료 없음
	전란으로 소실 가능성 높음
930	우산국(우릉도)에서 고려에 사신을 보내옴
1018	동북 여진족이 울릉도에 쳐들어옴, 이원구를 파견 농기구를 보냄
1273	원의 벌목을 금지함
1417	울릉도, 독도에 주민 거주 금지
1432	세종실록지리지 편찬, 울릉도와 독도는 가까워 날씨가 맑으면
	바라볼 수 있다고 기록
1693	안용복 1차 도일
1697	대마도 막부가 울릉도를 조선의 영토로 인정
1785	일본 하야시 시헤이, 『삼국통람도설』에 울릉도와 독도를 조선의 영토로 표시
1875	일본 육군참모국에서 만든 〈조선전도〉에 독도를 조선 영토로 표시
1877	일본 최고 기관인 태정관에서 독도는 일본과 관계 없다는 지령문을
	내무성에 보냄
1900	독도를 울릉도 관할지역으로 포함시킴, 대한제국 칙령 제41호 공포
1905	일본 내각회의에서 독도를 무인도로 규정, 시마네현 관할의 다케시마라는
	망언을 함
1945	해방 후 독도는 한국령. 일본의 어로 제한선 바깥 지역으로 구분
1948	미국 공군의 독도 폭격 연습
1950	연합국이 일본 영토 처리에 관한 합의서 작성시 독도는 한국에 이양토록 합의
1952	대한민국정부, 독도영유권 재천명

1953	일본의 독도 침공(1~3차) : 홍순칠이 울릉도 애국청년들과 독도의용수비대를 조직해 격퇴
1954	일본의 4차 독도 침공, 독도의용수비대원들이 격퇴 일본 정부, 독도문제 국제사법재판소에 위임 제의, 대한민국 정부 거부
1981	울릉도 주민 최종덕 씨, 독도에 주민등록 이전
1982	독도 일대를 천연기념물 336호로 지정
2000	일본 모리요시로 전 총리 일본 땅 망언
2001	일본 스미타노부요시 시마네현 지사, 한국이 독도를 불법 점거했다는 망언을 함
2003	독도에 우편번호(799-805) 부여
2004	일본 우익단체 독도 상륙 시도, 해양탐사선 탐해 2호, 독도 인근 영해에서 천연가스층 조사하던 중 일본순시선이 작업 중단 요구
2005	일본 시마네현, 다케시마의날 조례 제정
2006	일본 시마네현, 독도의 날 행사, 일본 문부과학성, 고교 교과서에 독도영유권 주장
2008	일본 문부과학성, 중학교 교과서 학습 지도요령 해설서에 독도영유권 명기
2010	일본, 초등학교 사회 검정 교과서에 독도 자국 영해 표기 일본, 2010년 방위백서에서 독도는 일본 고유의 영토라고 기술
2011	독도에 도로명 주소 사용. 동도(독도경비대 건물, 등대)는 독도이사부길, 서도(김성도씨가 거주하는 주민숙소)는 독도안용복길
2012	일본 겐바 외무장관 망언, 일본 시마네현, 일본 정부에 독도 전담부서 설치 요구 이명박 대통령 독도 방문(8월 10일)

우리땅 독도 http://dokdo.khoa.go.kr
국토해양부 독도 사이트

외교통상부 독도 http://dokdo.mofat.go.kr
정부의 독도에 대한 입장 등 공식적인 독도 자료가 있다.

독도연구소 www.dokdohistory.com
동북아역사재단의 독도 자료

사이버독도 http://www.dokdo.go.kr
경상북도 독도 홈페이지

DOKDO and EASTSEA http://www.forthenextgeneration.com
독도 및 K-Pop, 한글, 위안부 등에 관한 영문 사이트

독도수호국제연대 www.dokdonetwork.or.kr
독도방송국으로 동영상 자료 많다.

독도본부 www.dokdocenter.org
새로운 자료가 수시로 업데이트 된다.

독도 · 해양영토연구센터 www.ilovedokdo.re.kr
'독도연구저널' 계간지 출판

코리아넷 www.korea.net
대한민국 해외문화홍보원(KCIS)의 영문 사이트

반크 http://www.prkorea.com
사이버 민간 외교사절단, 독도에 대한 자료가 많다.

한국해양과학기술원 http:/www.kiost.ac
독도 및 바다에 대한 심도있는 자료가 많다.

국립해양조사원 http://eastsea.nori.go.kr
독도와 국제수로기구에 대한 정보가 있다.

국제수로기구 http://www.iho.int